AL ACECHO

KATE RUDOLPH

TRADUCIDO POR
ELIZABETH GARAY

AL ACECHO

ACERCA DE AL ACECHO

LAS CHISPAS SALTAN CUANDO UN HOMBRE LOBO EXMILITAR aparece para proteger a su hermosa pareja.

Necesita ayuda cuando un extraño monstruo amenaza a Em, famosa artista de rock. Pero cuando el oscuro y misterioso Andre aparece para protegerla, Em está segura de que estaría mejor sola. Es demasiado atractivo para su propio bien.

Su cuerpo anhela el de él, pero no entregará su corazón.

A medida que el fantasmal monstruo intensifica los ataques, Em no puede sobrevivir sin la ayuda de Andre. Pero la bestia puede ser demasiado poderosa, incluso para un hombre lobo. ¿Cómo puede Andre luchar contra un monstruo que desaparece de la nada?

Aún más difícil es convencer a una obstinada

mujer de que él es su pareja predestinada. Andre tendrá que solucionarlo antes de que la maliciosa magia los separe.

Ingrese al mundo de "Protegida por un Cambiaformas", donde un equipo de guardaespaldas exmilitares son hombres lobo y sus parejas predestinadas están a solo una misión de distancia.

1

El pelaje de Andre estaba escurriendo y sus patas cubiertas de lodo. El olor de la lluvia empapaba el aire, ocultando la preciosa presa que sabía que saltaba por el bosque a su alrededor. La manada corría a través del fango como si nada. Rowe tropezó con Jackson, cubriéndola con más barro del que ya tenía. Hunter seguía a Vega.

Y Stasia y Owen bien podrían haber estado corriendo en su propia pequeña manada.

Gibson los dirigía a todos, y Andre debería haber sentido la atracción familiar. La pertenencia en su vínculo era lo que mantenía a todos unidos después de la misteriosa forma en que se habían convertido en lobos. Pero esta noche, Andre no la sentía.

Simplemente sentía frío y lodo y quería acurrucarse en algún lugar cálido y dormir.

No debía haber estado solo. La propiedad de la granja de Gibson se extendía a hectáreas dentro del desierto en Pensilvania y podían correr kilómetros sin riesgo de que alguien los viera. Pero las luces de la granja estaban a la vista a través de los densos árboles, y primero Hunter, y luego Rowe y Jackson se apresuraron a refugiarse.

Andre no los siguió de inmediato. No quería parecer demasiado ansioso, aunque era algo que nunca admitiría en voz alta. Era un maldito hombre lobo.

Los hombres lobo no se acobardaban ante un mal tiempo.

Pero había cumplido su tiempo en el ejército y había experimentado todo el trabajo penoso que eso conllevaba. No le importaba si usaba piel humana o piel de lobo, solo quería estar *limpio* y *seco*. Preferiblemente en una cómoda cama.

Cualquiera que fuera la razón que lo retenía, finalmente lo liberaba, y se dirigió hacia la casa, chapoteando en el barro bajo sus patas. Andre corrió más rápido, dejando que sus músculos se contrajeran de una forma que ningún cuerpo humano podría contorsionarse.

Tal vez la lluvia no era tan mala.

La carrera se interrumpió cuando llegó al patio cubierto detrás de la granja. Se sacudió lo mejor que pudo, tratando de no pensar en cómo se parecía a su perro de la infancia, y caminó hacia la puerta corrediza de cristal.

Antes de que pudiera entrar, Erin Jackson bloqueó su camino, con una mano humana frente a ella, la otra sosteniendo cerrada la bata que se había puesto después de volver a su forma humana. «El mayor te matará si le ensucias el suelo con lodo».

Andre resopló un sonido que *no* era un gemido, pero se alejó de la puerta y respiró profundo antes de dejarse llevar por el cambio. El lobo se desvaneció y se puso de pie como un hombre. Aún mejor, la mayor parte del lodo había desaparecido.

Estaba desnudo, pero Jackson no le hizo una segunda mirada. Sólo tenía ojos para un hombre, no es que alguien en la manada fuera tan estúpido como para decir *eso* en voz alta. Una vez dentro de la casa, agarró su bata y se la puso. Todavía podía sentir el lodo entre los dedos de los pies, pero era una sensación ilusoria.

«Hunter fue a buscar comida», dijo Jackson, cogiendo su botella de cerveza y tomando un trago antes de volver a colocarla en su posavasos.

El estómago de Andre rugió ante eso. Bien. Podía comer. A veces, como lobos, cazaban presas y después no había necesidad de pizza. Esta noche no era una de ellas.

«¿La ducha está libre?», preguntó. La casa era grande, pero lo suficientemente antigua como para que solo tuviera dos baños, uno de los cuales estaba dentro del dormitorio de Gibson. Nadie era lo suficientemente valiente como para usarlo sin su permiso. Lo que dejaba a seis adultos compartiendo un solo baño. Era bueno que las estadías en la granja fueran generalmente cortas.

«No escucho correr el agua». Jackson se acomodó en su asiento y dejó que él lo descubriera por sí mismo.

Afortunadamente, no había nadie en el baño, pero Andre no se tomó su tiempo bajo el chorro de agua caliente. Había sido maldecido con agua fría tantas veces en su vida que no quería infligirlo a otras personas.

Una vez que se retiró toda la suciedad que se pudiera imaginar, Andre subió las escaleras, donde ya podía oler la salsa de tomate picante y el queso de las pizzas que Hunter había recogido. Se había convertido en una tradición en los últimos años. Corrían por el bosque y cuando no atrapaban a su presa, terminaban la noche con montones de pizza.

Una risa femenina estalló escaleras arriba antes de ser interrumpida abruptamente por un gemido. A veces, Andre maldecía los sentidos ligeramente intensificados que acompañaban la condición de lobo.

No envidiaba a la pareja de su amigo. El descubrimiento de Owen de la Dra. Stasia Nichols los había llevado a averiguar más sobre sí mismos y su estado lobuno en cuestión de semanas, que en los dos años completos antes de que ella llegara a sus vidas. Y Owen, que siempre había sido sociable, estaba realmente feliz de una manera que Andre no sabía que podía estarlo una persona.

Pero estaba tan malditamente alegre al respecto que a veces Andre quería quitarle esa expresión de satisfacción de la cara.

No era justo pensar en su mejor amigo, y nunca se atrevería a decirlo en voz alta. Pero no podía evitar pensarlo.

«Estoy pensando que no necesitamos guardar pizza para ellos», con una sonrisa dijo Leland Rowe, chocando su hombro con el de Andre.

«Pueden comerla fría». Siempre había comida más que suficiente. Los hombres lobo comían como bestias voraces, pero Hunter tenía la habilidad de conseguir siempre lo suficiente. Luego volvió a mirar a Rowe, que vestía unos vaqueros ajustados y una camisa decente. «¿Vas a algún sitio?».

Rowe sonrió. «Voy a echar un vistazo a este nuevo bar en la ciudad. Son bienvenidos a acompañarme. Hay muchas mujeres solitarias que lo visitan de tan lejos. Y el alcohol es barato».

Ambas cosas eran ciertas, pero Andre quería una cama suave más que un par de muslos suaves en ese momento. Rowe siempre parecía estar buscando fiesta cuando no estaba de servicio. «Diviértete».

«Llama si estás demasiado borracho para conducir», agregó Jackson. Había subido mientras Andre estaba en la ducha y ahora se estaba sirviendo pizza.

Rowe puso los ojos en blanco. «Incluso con el licor

barato que hay aquí, no tengo suficiente efectivo para gastar por mucho tiempo. Estúpida magia de hombre lobo», frunció el ceño.

«Recuérdame que dijiste eso la próxima vez que cures una herida de arma blanca», dijo Andre. Podían curar casi cualquier cosa, siempre que no fuera hecha con plata. Y afortunadamente, este tipo de armas eran pocas y distantes.

Rowe hizo un sonido desdeñoso, agarró un trozo de pizza y salió por la puerta principal.

Andre tomó su propia comida y se sentó en la barra al lado de Hunter y Jackson.

«¿Deberíamos estar preocupados por él?», preguntó Jackson. Miró hacia la puerta durante un largo minuto antes de volver a comer.

Hunter no dijo nada. Ella siempre estaba callada.

Andre se encogió de hombros. «Es un niño grande. Puede cuidarse solo».

«No viste la cantidad de comida que vomitó en el piso del camión». Jackson se estremeció.

«No lo limpiaste, ¿verdad?», Jackson era muy estricta con las reglas, pero ni siquiera ella podía llegar tan lejos. «¿Verdad?».

«Yo no limpio». Su tono era gélido, y Andre archivó esa información. No quería caerle mal.

Eso era bueno, cuando menos. Rowe podía crear sus propios líos, pero también necesitaba limpiarlos.

Gibson y Vega subieron unos minutos después.

Jackson le entregó a Gibson un plato lleno de pizza, que tomó con una sonrisa.

«¿Dónde está mi plato?». Vega preguntó, mirando a Jackson y Hunter con esperanza.

Hunter gruñó. «Prepáralo tú».

Los hombros de Vega se hundieron, pero hizo lo que ella le dijo.

Esta era su familia, supuso Andre. Para bien o para mal. Y en una noche como esta, se inclinaba a pensar en ellos como lo *mejor*.

«¿Se han enterado de cómo va la gira de Mercy?», Jackson preguntó con engañosa despreocupación. Mercy era mejor conocida como Emerald Selby, la hermana menor de Stasia y una de las estrellas de rock más grandes del planeta.

Algo se sacudió bajo en el estómago de Andre. No, no su intestino. Sino algo más abajo.

Pero su polla *no* le iba a prestar atención a esa… *mujer*. Habían chocado cuando hace unas semanas se habían conocido, y él no tenía ningún deseo de que se repitiera.

No importaba lo que dijera su polla.

«Stasia no ha dicho nada», respondió bruscamente. «¿Por qué? ¿Querías boletos?». Salió más cortante de lo necesario.

Jackson se sonrojó y se hundió un poco en su banco. «Compraría boletos si los quisiera».

El mayor escuchó su interacción y miró a Andre. «¿Algo se arrastró por tu culo?», preguntó Gibson.

«No, mayor». Pero Andre recogió su plato y se dirigió a la habitación que compartía con Vega y Rowe.

No quería hablar de estrellas de rock malcriadas que le ponían la polla dura. Ya tenía suficiente con qué lidiar en estos días.

2

EM ESTABA CANSADA CON ESE TIPO DE CANSANCIO QUE SOLO le ocurría cuando se iba de gira. El agotamiento hasta los huesos hacía que todas sus extremidades se sintieran pesadas, y el ejercicio extenuante que suponía cada actuación hacía que le dolieran los músculos. Llevaba solo unas pocas semanas en esta gira por los Estados Unidos y su cuerpo aún no se había adaptado. Con otra semana estaría bien.

Eso esperaba.

Pero no podía evitar la persistente sensación de que había algo extraño en esta gira. Algo no se sentía bien.

O tal vez fuera ella. Em se estaba escondiendo en un armario con la esperanza de obtener cinco minutos de privacidad antes de que alguien viniera a buscarla para poder guiarla a su siguiente tarea. La prueba de sonido; estaba bastante segura.

Al menos tendría cinco días completos en la ciudad, incluso si ya habían pasado tres días. En realidad, no estaba segura de *qué* ciudad era. Pequeños detalles como ese se olvidaban cuando a diario saltaba de un lugar a otro.

Las giras le habían parecido glamorosas cuando era una joven estrella. Era una forma de experimentar el tipo de vida que nunca imaginó que podría tener.

No, eso era mentira. Ella era una Selby. Podía tener cualquier tipo de vida que quisiera. Pertenecer al *jet set* no tenía por qué estar vinculado a un horario agotador.

Pero esta era la vida que había elegido.

Em gimió y se recostó contra la pared. Estaba acurrucada junto a varios estantes que estaban repletos de productos de limpieza. Si alguno de los reporteros que seguían su gira la veía aquí, probablemente pensaría que se estaba drogando y tendría la historia en línea en una hora. No pasaría mucho tiempo antes de que su publicista tuviera lista la contranarrativa. Ese tipo de vida nunca había sido realmente su modus operandi.

Pero ella no quería que surgieran los rumores. Con el nuevo álbum recién salido y no funcionando tan bien como esperaba, no podía permitirse una mala prensa, sin importar qué tan bueno fuera su publicista. Aunque su sello discográfico probablemente diría que cualquier prensa era buena.

Ella tenía una gran historia para ellos. ¿Cómo lo

tomarían si les dijera que su hermana era una mujer lobo?

El pensamiento le provocó una sonrisa. Sí, no iba a contarle a nadie sobre la nueva condición de Stasia. *Eso* definitivamente haría que la gente pensara que se estaba drogando.

Si Em no estaba en su vestidor, podría tener que enfrentarse a preguntas molestas. Se suponía que ella estaba a cargo. Eso era lo que todos pensaban cuando consideraban a una estrella de rock en gira. Pero Melinda y su ejército de asistentes muy eficientes tenían mucho más poder de decisión que Em sobre lo que ocurría.

Presionó la oreja contra la puerta y escuchó atentamente por un momento. Pero la puerta era gruesa y no podía oír nada. En lugar de esperar más, Em salió del armario y se dirigió a su vestidor.

Estaba agradecida de que se quedaran en el hotel que estaba conectado con el centro de convenciones donde estaba actuando. Significaba que los fanáticos estarían invadiendo el lugar, pero al menos ella no necesitaba salir del edificio para nada. La hacía sentir más segura de lo normal.

No es que ella realmente lidiara continuamente con el peligro. Tenía fans gritones, algunos obsesionados, y había mucha fanficción por ahí. Pero su seguridad la mantenía a salvo, y nunca sentía que los fanáticos fueran un peligro para ella.

Tenía suerte en ese sentido. Había escuchado

historias de terror de algunos de sus amigos que atraían a un público un poco más joven y rabioso. Pero Em había tomado la decisión de ser una estrella de rock, no una estrella del pop, y eso aportaba una base de fans ligeramente diferente.

Al menos eso era lo que decía la compañía discográfica.

Había docenas de personas pululando por los pasillos haciendo todo lo posible para preparar el escenario para el concierto. Se habían dado el lujo de dejar que el escenario permaneciera levantado entre funciones, lo que significaba que todos estuvieran un poco más relajados que de costumbre. Esto hacía que fueran como mini vacaciones. Pero se esperaba que Em tuviera reuniones y saludos y otros eventos cuando no estuviera ocupada actuando.

Había elegido esta vida, se recordó a sí misma. No podía quejarse.

Al menos, no en voz alta. Pero ya era hora de llamar a Stasia y dejar que todas sus quejas cayesen en los oídos de su hermana mayor. Además, quería saber cómo iba la vida de mujer lobo. Si pensaba que ser una estrella de rock era especial, Stasia la había reventado.

Em se deslizó en su camerino. No pasó mucho tiempo antes de que aparecieran sus maquilladores y gente de vestuario para prepararla para la noche. Pero Em tenía tres minutos más para ella sola. Se hundió en su silla y miró la mesa frente al espejo. Al principio no sabía lo que estaba mirando.

Debería haber estado cubierta con maquillaje y joyas y todas las cosas que necesitaría para convertirse en su alter ego Mercy, la sensación del rock internacional.

Pero la mesa estaba vacía. Vacía y cubierta de profundas raspaduras. Em extendió la mano para tocarla, sus dedos se clavaron profundamente en la pulpa de la madera. Esto no era una decoración. Parecía que un animal salvaje había entrado y atacado la mesa.

Un hombre lobo.

El pensamiento susurró en el fondo de su mente. Habría sido una locura si unas semanas antes no se hubiera encontrado con una manada de ellos. Su ritmo cardíaco se aceleró y se dio la vuelta, con sus ojos buscando locamente la amenaza.

Pero estaba sola en su vestidor.

¿Era esto algún tipo de broma? ¿Alguien se estaba divirtiendo a costa de ella? No podían saber nada de Stasia. Ni sobre Owen, Andre, Rowe o cualquiera de los demás. Ella no había dicho una palabra. Aunque tal vez uno de los asistentes o uno de los miembros de la banda la había pillado buscando en la página de Wikipedia para intentar aprender más sobre los lobos.

No.

Parte de su vestuario estaba en el suelo y Em se inclinó para recogerlo. Estaba desgarrado. Algunas de sus prendas tenían ingeniosamente agujeros que permitían que la gente viera su piel o una aproximación de malla de su tono de piel, pero esto no era algo hecho a propósito. Dejó la parte superior sobre el escritorio y se dio cuenta de que el desgarro en la ropa coincidía con las hendiduras en el escritorio.

Garras malvadas. Podía imaginárselas.

Sus manos temblaban y hubo un grito atrapado en su garganta, pero no pudo articularlo. Era demasiado consciente de todas las personas fuera del vestidor que vendrían corriendo si hacía ruido.

Y no podía permitir que esta información terminara en los tabloides.

Con manos temblorosas, tomó su teléfono celular y buscó el número de Stasia, marcó y rezó con la esperanza de que su hermana contestara. Le tomó varios timbrazos antes de que ella lo hiciera.

«¡Oye! ¿Se supone que debes estar en el escenario?», Stasia respondió con una sonrisa clara en su voz.

«Necesito tu ayuda», Em no perdió el tiempo con una pequeña charla. «Creo que tengo un problema relacionado con hombres lobo».

3

«Es mi hermana, tengo que ir». Stasia se paseaba de un lado a otro en la sala de estar de la granja mientras la manada la observaba hacerlo. Lanzó una mirada de impotencia a su compañero, rogando por que estuviera de acuerdo.

Pero Owen tenía una expresión inusualmente sombría en su rostro. «Stasia...». Lo que fuera que necesitaba decir, no podía pronunciar las palabras.

«No eres lo suficientemente estable», dijo Andre, salvándolo de dar el golpe él mismo. Stasia le gustaba. Realmente le agradaba. Ella era buena para Owen. Pero sólo se había convertido en mujer lobo por un poco más de un mes, y no tenía el control completo de su cambio. Dada la probabilidad de que las cámaras pululasen alrededor de Em, no podían arriesgarse a que Stasia los delatara. No sólo eso, Stasia no querría ser el centro de atención sobre ella.

Pero se mantuvo firme. «Tengo el control. Soy médica. Si *no* lo tuviera, la gente moriría» Sus ojos brillaban dorados cuando hizo la declaración, y sus labios se contrajeron para revelar dientes demasiado afilados.

Andre levantó las cejas como si eso le respondiera. Un poco de brillo en los ojos no los delataría, pero era solo el primer paso. ¿Y si se asomaban sus colmillos? ¿O si le saltaban las garras? ¿Qué pasaría si cambiaba por completo? No dijo nada de eso en voz alta, y no tenía que hacerlo. Owen la agarró de la mano y ella detuvo su andar.

«Es mi hermana. Necesita ayuda». Stasia parecía desesperada.

«Yo podría ir», dijo Bryan Vega desde donde estaba sentado en el sofá en la esquina de la habitación.

«No». La negación surgió de todos ellos.

«No necesitamos otro miembro de la manada accidentado», dijo Leland Rowe mirando al joven lobo.

«Eso fue sólo *una* vez. Y me habían disparado», protestó Vega, su rostro era una máscara de indignación.

«Eso no cambia los hechos», dijo Gibson. El mayor los inspeccionó, su mirada de acero los consideró a todos y analizó lo que sería mejor.

«Mi agenda está libre», ofreció Rowe con una sonrisa.

Andre aplastó el gruñido en la parte posterior de su garganta. Rowe era un buen guardaespaldas.

Incluso si era un chico fiestero, podía hacer bien el trabajo. Pero Andre no lo quería cerca de Em.

¿Y por qué era eso?

No tenía ningún derecho sobre la mujer. Ni siquiera le gustaba la mujer. Tan sólo era, en el mejor de los casos, una conocida lejana. Él no le debía nada. Y debería estar feliz de que Rowe quisiera ir y terminar con eso.

Era cualquier cosa menos feliz.

«Yo lo haré», dijo Andre antes de que el pensamiento entrara por completo en su mente.

Eso tranquilizó a todos. Gibson le dio una mirada ilegible. «Eso podría funcionar», dijo con cautela.

«Yo me ofrecí», desafió Rowe alterado. Miró a Andre como si este se hubiera apropiado de una comida particularmente jugosa.

«Estoy aprovechando mi rango». No recurrían a sus rangos militares con tanta frecuencia. Las cosas se habían vuelto tan extrañas después de que fueron expulsados del ejército que aferrarse a la vieja jerarquía no tenía ningún sentido. Todos eran iguales en lo que se refería al conocimiento sobre los hombres lobo. Excepto cuando se trataba de Gibson. No necesariamente sabía más que ellos, pero ahora era su oficial al mando. Era difícil ignorar a un oficial al mando, incluso después de años fuera del servicio.

Por supuesto, aprovechar el rango no sería suficiente para que Gibson estuviera de acuerdo. «No soy un súper fanático», dijo Andre para exponer su caso.

«No estoy seguro de haber escuchado alguna vez una de las canciones de Em. No me voy a dejar sorprender. Puedo mantener mi cabeza en el caso». Aunque el hecho de que estuviera insistiendo tan duro para el trabajo podría haber dicho lo contrario.

«¿Puedes hacerlo?», Rowe lo fulminó con la mirada, y Andre tuvo la ligera preocupación de que acabarían llegando a las manos. ¿Por qué Rowe insistía tanto en esto? «Y sólo porque hablamos de música no significa que sea un súper fanático. ¿Quién diablos habla así?».

Andre sabía que estaba luchando demasiado duro. Normalmente no se emocionaba con las cosas, y ciertamente no dejaba que sus deseos se mostraran. Pero ahora que se había ofrecido, quería ser él quien saliera y protegiera a Em. Había algún tipo de amenaza sobrenatural y necesitaba descubrirla y alejarla de ella. Ya había sido arrastrada a la mitad de esta vida cuando su hermana se había convertido en una mujer lobo justo en frente de ella. Le debían mantenerla a salvo.

No importaba que molestara a Andre. No importaba que se hubieran enfrentado la única vez que se conocieron.

No importaba que hubiera estado a tres segundos de besarla.

Apartó ese pensamiento. Era irrelevante.

Tenía un trabajo que hacer.

«¿Qué fue lo que te dijo?», se volvió y le preguntó a Stasia. La llamada entre las hermanas no había sido larga. Y Em había tenido suerte. Solo Jackson y Hunter habían salido para ir a la ciudad. Él, Gibson, Stasia, Owen, Rowe y Vega todavía estaban en la granja y estaban listos para hablar sobre el trabajo. Podrían actuar rápidamente.

Parte de la energía nerviosa de Stasia se desvaneció mientras hablaba. «Encontró algo que parecía que un hombre lobo había destrozado. Parecía asustada. Pero luego tuvo que ir a hacer una prueba de sonido. Tendrá un concierto esta noche».

Andre casi se burló, pero se contuvo. Parecía que alguien le había hecho una pequeña broma y Em estaba asustada. «¿No cuenta ella con seguridad propia?».

Ella asintió. «Sí. Los he conocido. Son un buen equipo. Pero no saben nada de nosotros». Stasia miró alrededor de la habitación. «Y no es que Em quiera revelar el secreto. No sé si eso es algo. Pero ella no se pone histérica. Es la persona más sensata que he conocido».

«¿Existe tal cosa como una estrella de rock sensata?», Rowe sonrió.

Andre quería empujarlo por insultar a Em, aunque una parte de él estaba de acuerdo con esa declaración. Se necesitaba un tipo especial de locura para anhelar la fama.

«Es mi hermana de quien estás hablando». Stasia la fulminó con la mirada.

Owen gruñó. No necesitaba decir nada. Y el

gruñido era nuevo, desde que se había apareado con Stasia. Si eso era lo que ocurría al encontrar pareja, entonces Andre esperaba que nunca lo hiciera.

Era un humano que se había convertido por casualidad en lobo. No necesitaba presentar esos rasgos en su forma humana.

«Suena bastante simple», dijo Andre, como si ya estuviera decidido. «Apareceré, echaré un vistazo y determinaré si parece una broma o no. Y si ella tiene algún tipo de enemigo sobrenatural, entonces me ocuparé de eso».

«¿Pensamos que hay otros lobos?», preguntó Vega.

«No lo sé, pero estoy a punto de averiguarlo».

Dos años atrás, estando apostados en Alemania, él y su manada habían sido secuestrados en el bosque por una especie de hechicero malvado. Un ritual más tarde ya se estaban convirtiendo en lobos. Pero Stasia era la primera evidencia que tenían de que podían *cambiar* a otros en lobos, y no tenían idea de si existían otras manadas.

La magia tenía que existir; Andre lo había presenciado con sus propios ojos, incluso si no sabía qué tan común era o si las brujas y los brujos todavía eran una leyenda. Pero, ¿habría otros lobos? ¿O eran una anomalía?

Era hora de que él fuera a buscar a Em y lo averiguara.

4

Em se había asustado por nada. Ahora, estaba segura de eso. Había ido a la prueba de sonido y todo había salido a la perfección. Entonces había dado una de las mejores actuaciones de toda su gira.

Ningún hombre lobo se abalanzó en el escenario. Ni siquiera alguien disfrazado de hombre lobo. Había sido una broma estúpida. Probablemente uno de los miembros del equipo lo había hecho. Y no tenían idea de que la había afectado tan profundamente. ¿Como podrían? No era como si le hubiera dicho a alguien sobre su hermana.

Se arrepintió de haber llamado a Stasia. Era su hermana mayor estereotipada, al menos cuando se trataba de Em. Y de seguro querría arreglarlo *todo*. Se presentaría en el hotel, echaría un vistazo e intentaría controlar la vida de Em.

Sería una tortura. Así que Em iba a tener que

detenerla en el proceso. No había forma de frenarla en este punto, no cuando se había mostrado tan preocupada en la llamada. Estaba obligada a aparecer pronto, y Em quería que se fuera lo antes posible.

¿Eso sonaba tan a sangre fría? Probablemente.

Pero la gira era su mundo. Y ella necesitaba protegerla. Stasia no entendería todo sobre la vida en la gira. Claro, ella podía controlar un departamento de emergencias en un hospital como nadie, pero este era un tipo de caos diferente. Y Em generalmente era superior en eso.

Acababa de terminar su ensayo de la mañana y tenía una hora libre en su agenda antes de tener que hacer una aparición rápida ante los medios. Corrió de vuelta a su camerino desafiando la broma de la noche anterior. Se sorprendió al ver que un miembro del equipo ya estaba en la habitación. La joven tenía mechas moradas en el cabello y vestía jeans rotos y una camiseta de una banda que había sido el acto de apertura de Em tres giras atrás.

La joven se sobresaltó cuando Em entró. «Lo siento. Melinda me envió para organizar un poco. Soy Vi». Hizo un leve saludo con la mano, como si temiera que Em estuviera a punto de tener un momento de diva y le gritara para sacarla de ahí.

Melinda Ramsey era la mujer a cargo de esta gira. Mantenía las cosas funcionando para que Em pudiera dar las grandes actuaciones que se necesitaran. Y

Melinda tenía una flota de personal, como Vi, que saltaba cada vez que daba una orden.

Em sabía que su vestidor no era realmente un santuario privado. A menos que ella específicamente pidiera privacidad, la gente entraba y salía en todo momento del día. Era una necesidad. Tenían espacio limitado detrás del escenario y la mayoría de su vestuario estaba en la parte trasera del camerino.

El equipo de vestuario tenía que revisarlos de vez en cuando para reparar cualquier daño que ocurriera durante los espectáculos o durante el viaje, y en este lugar su camerino conducía directamente a uno de los armarios de almacenamiento más grandes. Era una cuestión de practicidad, lo que hacía que algunos miembros del equipo de carretera necesitaban entrar y salir durante el día.

Cualquiera podría haber hecho la broma. Esta habitación rara vez estaba cerrada. Y como estaba viéndolo en este momento, cualquiera podía entrar.

«Está bien», le dijo a Vi. Ella no estaba dispuesta a tirar una llave inglesa en la máquina finamente afilada que se suponía que era la gira. «¿Qué te pidió Melinda que hicieras?».

Vi resopló y sus hombros se hundieron. «Estoy haciendo otra revisión de tu vestuario. Melinda pensó haber escuchado a la vestuarista quejarse de algunos desgarros y quería que me asegurara de que nada estuviera fuera de lugar. No queremos que subas desnuda al escenario. Que no haya fallos en la ropa».

«Claro». Vi claramente lo decía como una broma, pero Em no estaba dispuesta a hacer valer la broma en ese momento. Especialmente no cuando se preguntaba acerca de los desgarres en su vestuario. El trozo de tela rasgado estaba en el suelo justo a los pies de Vi, y Em no estaba segura de que ya lo hubiera visto.

Sabía que probablemente debería decir algo. Llamar su atención y hacer que se encargara. Podrían reparar la prenda como si nada hubiera pasado o reemplazarla si no se podía hacer algo. Entonces podría olvidarse de la broma y seguir con su vida. Por supuesto, todavía quedaban los rasguños en la mesa. Pero con la claridad de la mañana, apenas parecían tan malos como había temido.

Pero no podría deshacerse de nada antes de que llegara Stasia. Su hermana insistiría en ver el vestuario y la mesa. Era estúpido. Pero probablemente tenía algo que ver con la espeluznante magia de los hombres lobo. Algo que Stasia insistiría en que Em no entendería.

Em se hundió en su silla y sacó su teléfono. Era extraño. Había esperado que Stasia la llamara para avisarle cuándo llegaría. En cambio, Stasia había enviado un mensaje de texto diciendo que estaba discutiendo el tema con todos y que hablarían más tarde.

Em no sabía lo que eso significaba. Bien. Con 'Todos', tenía que referirse a los guardaespaldas de hombres lobo que componían la manada de Stasia.

Pero, ¿qué había que discutir? No era como si esto fuera un trabajo oficial. Era, en el mejor de los casos, un favor. Y ella no necesitaba un guardaespaldas de hombre lobo, no cuando su hermana lo podría hacer.

Realmente deseaba no haber dicho nada.

Stasia nunca la dejaría vivir esto.

«Todo listo», dijo Vi, levantándose de donde había estado agachada frente a la ropa. «Te dejaré libre tu vestidor».

«Gracias». Em tenía el tiempo justo para echarse una siesta, y pensó que nunca había tenido una idea mejor. Había un pequeño sofá escondido en la parte de atrás de la habitación y se dirigió a él y se acostó, sin molestarse en cubrirse con una manta. La puerta se abrió y se cerró y estuvo segura de que Vi se había ido.

Y luego se abrió de nuevo. Em no se molestó en abrir los ojos. «¿Melinda quiere que hagas algo más?», le preguntó a Vi.

«¿Quién es Melinda?», preguntó una voz masculina que ella reconoció.

No era Stasia.

¿Qué hacía Andre aquí?

5

El extraño olor de la miembro del equipo de cabello púrpura burló la nariz de Andre hasta que vio a Em. Ella no era tal como él la recordaba. Hace un mes, había llegado hasta el punto de quebrarse al saber que los hombres lobo existían y le preocupaba que su hermana pudiera morir.

Hoy, se encontraba cansada. Podía ver el comienzo de las bolsas formándose debajo de sus brillantes ojos azules, pero eso se debía principalmente a su piel increíblemente pálida. Su largo cabello rubio caía en ondas más allá de sus hombros, y vestía una camiseta sin mangas oscura y pantalones negros ajustados. ¿Era casual para una estrella de rock? El sólo hecho de mirarla hizo que el cuerpo de Andre cobrara vida, pero tenía que apartar ese pensamiento.

«¿Quién es Melinda?», el repitió. Había una docena o más de olores arremolinándose en el vestidor, y supuso que uno debía pertenecer a Melinda. Había pasado por muchas más personas de las que esperaba para llegar a la habitación de Em. Se necesitaba mucho para mantener una gira musical en marcha.

Em lo miraba como si le hubieran crecido dos cabezas. Miró por encima del hombro de él hacia la puerta y parpadeó con fuerza, como si pudiera hacerlo desaparecer mágicamente si lo pensaba lo suficiente.

Andre no iba a ninguna parte.

«Llamé a Stasia. ¿Qué estás haciendo *tú* aquí?», exigió, cruzando los brazos debajo de sus pechos y levantando el escote lo suficiente como para que él tuviera que obligarse a sí mismo a apartar la mirada.

¿Qué mierda estaba pasando?

Ese tipo de pensamientos eran lo opuesto a lo profesional, y Andre se enorgullecía de su profesionalismo. No iba a pensar con su polla. Él estaba aquí para hacer que Em se sintiera mejor y llegar al fondo de lo que fuera que la estaba atormentando. Había planeado que este fuera un viaje simple.

Aparecer y averiguar si realmente había una amenaza. Probablemente descubriría que no había ninguna en absoluto. Y luego seguiría su camino. Pan comido.

Pero la supuesta seguridad de Em no lo había revisado cuando entró al edificio. Nadie lo había detenido, y él no había hecho ningún esfuerzo particular para colarse. No le gustaba que cualquiera pudiera entrar y llegar a ella. Incluso si no hubiera una amenaza sobrenatural, él se encargaría de *eso*.

«Sabes que Stasia no podía venir. Todavía está lidiando con... ya sabes qué». Parecían estar lo suficientemente solos en su camerino, pero la miembro del equipo acababa de salir, y no iba a arriesgarse a hablar de asuntos sobrenaturales donde alguien que no lo supiera pudiera escuchar.

«Pensé que ella estaba bien». El rostro de Em se arrugó y Andre se negó a encontrarlo lindo.

Era una mujer hermosa y lo sabía. Era una estrella de rock. La belleza era parte de todo. Y no podía permitirse distracciones. Cuando habló, fue más brusco de lo necesario, pero no podía darse el lujo de ser demasiado amistoso. «No hay necesidad de arriesgarse a que pierda el control. Pero está bien». No sabía por qué tenía la necesidad de consolar a Em, de asegurarle que todo estaba realmente bien. Pero su lobo empujaba al borde de su conciencia y quería hacerla sentir mejor.

Andre quería que su lobo se tranquilizara de una vez. Se volvía loco cada vez que estaba cerca de Em, y estaba empezando a ver el gran error que podía ser haber venido aquí.

«Me asusté», dijo Em. Era una combinación de negocios con disculpas, aparentemente aceptando que Stasia no vendría. «Creo que sólo fue una broma. Todo está bien. Puedes volver a casa y decirles que has revisado y fingiremos que esto nunca sucedió. ¿Está bien?». Ella le ofreció una sonrisa ganadora.

Ese tipo de sonrisa podría haber funcionado en entregas de premios y en portadas de revistas, pero no con él. Y aunque había estado pensando en ese sentido, no iba a ceder a la tentación de hacer un trabajo de mala calidad. «Llamaste por una razón. Al menos déjame comprobarlo». No quería que Gibson, o peor aún, Stasia, lo reprendiera por eludir su deber.

Los hombros de Em se hundieron, y Andre tuvo que cerrar los puños para evitar extender la mano y ofrecerle consuelo.

¿Habría sido su cuerpo poseído por algún tipo de monstruo hormonal? ¿Qué estaba pasando?

Este era un trabajo y tenía que hacerlo. No necesitaba *reconfortar* a Em. ¿Y la atracción? Quedaba fuera de la cuestión.

Em se inclinó y recogió un montón de tela negra antes de arrojársela sin contemplaciones. «Esto es lo que me asustó. Esto y la mesa». Pasó su mano brevemente sobre su superficie. «Es estúpido. Sólo echa un vistazo, concuerda conmigo y vete». Dio la orden como una mujer acostumbrada a ser obedecida.

Pero Andre ya no estaba en el ejército y ya no tenía que obedecer órdenes. Especialmente no de estrellas de rock malcriadas. Si ella no lo hubiera convertido en una orden, él podría haber echado un vistazo rápido a la prenda y descartarlo. Pero una parte malvada que vivía muy dentro de él quería molestarla. Así que Andre se tomó su tiempo, colocó el conjunto en el suelo y examinó cada centímetro.

Primero con los ojos, luego con los dedos y después, vergonzosamente, con la nariz. Todavía se sentía extraño después de todos estos años por usar sus sentidos de lobo en su forma humana. No estaban súper realzados. No podía diferenciar entre cada olor humano con el que se encontraba cuando vestía su piel humana. Pero podía sentir más de lo que recordaba sentir cuando era un hombre normal.

«Esto no huele a nada». Hablaba más para sí mismo que para Em, tratando de averiguar por qué la prenda en sus manos lo confundía tanto.

«¿Qué?». La voz de Em estaba llena de confusión.

Andre recogió el traje y enterró su rostro en él. Captó un indicio del olor de Em y algo casi familiar. Otro indicio de la mujer del equipo con quien se había cruzado antes en el pasillo. Pero era apenas un rastro. Aparte de eso, no había *nada*.

Y eso no tenía sentido. Esta ropa habría sido manipulada por un puñado de personas, y debería haber un rastro de detergente o el agua en la que se había lavado o productos químicos de limpieza en seco. Pero no había nada.

Si Andre cerraba los ojos e ignoraba el olor de Em y de la mujer del equipo, era como si no hubiera nada frente a él.

Pero podía sentir la tela en sus manos.

Extraño.

Raro y no era una broma.

«No huele a nada», repitió más seguro esta vez, aunque no tenía sentido.

«Aquí hacemos las cosas limpias», señaló Em. Se hundió en el sofá en el que había estado acostada y lo miró. «Probablemente alguien simplemente lo pasó por un aromatizante de prendas o algo así. Intentaron cubrir sus huellas. No es nada». Pero no sonaba tan confiada como lo habría hecho si realmente creyera eso.

«El aromatizante tiene un olor», tuvo que señalar Andre. «Y no quiero decir que esta cosa no huela a detergente ni a aromatizante, quiero decir que no huele *en absoluto*. Es como si no existiera. ¿Lo entiendes?». Necesitaba que lo hiciera. No estaba hablando como si fuera un hombre. Hablaba como un hombre lobo.

Por un segundo pensó que ella confiaría en él. Entonces ella sacudió la cabeza. «Estoy segura de que está bien. Sí huele un poco raro. Las cosas huelen raro. ¿Huele como un hombre lobo?».

«No puedo decir que los hombres lobo tengan un olor particular». Solo conocía a su propia manada, y olían como ellos mismos.

Eso pareció calmarla por alguna razón. «Está bien. Hiciste tu trabajo. Confirmaste que no es un cambia-formas. Así que puedes ir a informar que todo es seguro y podemos fingir que no nos conocemos y nunca tendremos que volver a vernos. ¿Bien?». Ella le ofreció su sonrisa más falsa y señaló hacia la puerta.

Andre dejó caer la ropa al suelo y caminó hacia Em, elevándose sobre ella y entrando directamente en su espacio. Debería haberse visto aterrador. Sabía a qué olía el miedo, y esperaba que el olor comenzara a emanar de ella. Pero eso no fue lo que pasó. Algo embriagador y caliente le hizo cosquillas en la nariz.

En absoluto resultó ser miedo.

Y su cuerpo respondió. Quería inclinarse y sentir su suave piel contra la suya. No tomaría mucho. ¿A qué sabría?

Necesitaba saberlo. Su lobo lo exigía

Y él se negaba a ceder. Esto no era racional.

Andre se apartó y retrocedió varios pasos. «Llegué aquí sin que me cuestionara nadie la entrada por tu seguridad. Si alguien hiciera esto, podría llegar a ti».

Em se estremeció. Una puerta se cerró de golpe en el pasillo y ella saltó del sofá. «No deberíamos estar hablando de esto aquí. Sígueme».

Él lo hizo. Lo condujo por un laberinto de pasillos y por un pequeño puente que conectaba el centro de convenciones con el hotel. Se subieron a un ascensor que requería una llave de la habitación para usarlo y subieron al último piso.

«No quiero que lo comentemos donde alguien pueda escucharnos. Dios sabe lo que sucedería si la palabra con 'L' se difunde». Ella sacudió la cabeza y le ofreció una sonrisa irónica.

Quería devolverle la sonrisa. Y no quería discutir. Em necesitaba un poco más de músculo y estaba dispuesto a proporcionárselo. Sólo tenía que hacer que lo reconociera. «Permite que me quede un par de días. Me aseguraré de que no suceda nada raro. Sabes que Stasia querría eso». Andre quería pensar que era un motivo de orgullo profesional lo que lo empujaba a quedarse con Em, pero temía que fueran los deseos al acecho de su lobo los que lo tenían esforzándose tanto.

Ni siquiera le *agradaba* la mujer. Le ponía los pelos de punta.

Y, sin embargo, no podía mantenerse alejado.

Ella gimió cuando él jugó la carta de la hermana. Pero era cierto. Stasia usaría todo su nuevo encanto de mujer lobo para castigarlo si dejaba que su hermana resultara herida.

Los ojos de Em estaban suplicantes, como si *eso* lo hiciera ceder. «Todo está bien. Y realmente no quiero que los tabloides se den cuenta de que hay un nuevo chico guapo merodeando a mi alrededor sin ningún propósito».

«¿Chico guapo?» ¿Ella pensaba que él era guapo? Era bueno saberlo. Su lobo se pavoneó ante la idea, y comenzó a imaginar qué *más* podrían hacer juntos en nombre de la seguridad.

Em abrió la puerta de su habitación de hotel y lo dejó entrar, ignorando deliberadamente su comentario. Una vez que la puerta se cerró detrás de él, se giró y se cruzó de brazos. «Está bien. Dime lo que piensas».

Pero Andre no dijo nada al principio. Su habitación tenía la misma falta de aroma que él no había olido en la prenda. Caminó más hacia el interior y miró la cama tamaño King que dominaba el centro de la habitación. Las sábanas estaban todas rasgadas, como si alguien las hubiera dañado con unas garras. Y al igual que con el conjunto en su camerino, no había ningún olor.

Habló con seriedad. «Creo que no tengo más que decir. Me necesitas».

6

Esa mañana todo había estado bien en su habitación. Em estaba segura de eso. Rodeó a Andre, ignorando su comentario, y se acercó a su propia cama.

Las sábanas y las almohadas estaban destrozadas. Parecía que un animal salvaje había arrasado con el lugar. ¿Un animal salvaje? ¿O un hombre lobo? Sus manos comenzaron a temblar cuando retiró una sábana y vio que el daño no había llegado hasta el colchón. Gracias a Dios. Eso sería difícil de explicar.

Una risa hueca escapó de su garganta. No era como si el resto de esto fuera fácil de explicar. ¿Quién haría algo así? ¿Y por qué?

Ella no tenía nada que ver con los hombres lobo o la magia ni nada de esa mierda. Ese era el reino de Stasia. Y si hubiera un hombre lobo en su habitación en este momento, le diría lo que pensaba.

Un momento. Sí había un hombre lobo en su habitación.

Se dio la vuelta y miró a Andre, como si él fuera el responsable de todo esto.

No tenía derecho a ser tan jodidamente atractivo. En serio. Cabello castaño claro muy corto que era más largo en la parte superior y peinado de una manera que él nunca admitiría que se tomaba el tiempo para hacerlo, pero ella conocía a suficientes artistas para saber que él no salía de la cama así. Ojos azules penetrantes y pómulos fuertes. Y estaba segura de que su camiseta ajustada escondía músculos sobre músculos. Y no los estaba ocultando particularmente bien.

Era el tipo de persona que hacía que una mujer se sintiera segura y un poco imprudente. Como si pudiera protegerla de cualquier cosa excepto de sí mismo.

Pero Em no se entrometía con chicos malos: ese camino conducía a que le rompieran el corazón. No le agradaban los chicos misteriosos y peligrosos. Y ciertamente no se involucraba con hombres lobo.

A Andre le había desagradado desde el momento en que la vio, sin otra razón que el hecho de que ella... ¿existía? Ni siquiera habían hablado antes de que él empezara a mirarla.

Y ella no tenía paciencia para su mierda.

En lugar de comenzar otra discusión, se dio la vuelta y comenzó a revisar alrededor de sus mesitas de noche y todas las demás áreas de la suite donde había puesto sus cosas.

«¿Qué estás haciendo?», preguntó Andre. «Estás dejando tu olor en todo».

Estúpida mierda de hombre lobo. «Estoy revisando para ver si me han robado algo».

En las giras no llevaba muchos objetos de valor, de cualquier forma, no objetos de valor personales. Tenía un teléfono que cargaba la mayor parte del tiempo o lo dejaba en manos de un miembro de confianza del equipo, y una computadora que guardaba en su caja fuerte o en su vestidor.

Abrió la caja fuerte y vio que su computadora todavía estaba allí y su teléfono estaba en su bolsillo. Lo único que quedaba por robar en su habitación era su ropa, y por lo que podía ver, no se habían llevado nada. Se lo comentó a Andre.

«¿Pensaste que esta destrucción era una tapadera para un pequeño robo?». El escepticismo goteaba en cada una de sus palabras.

Ella apretó su mandíbula y cerró los puños, pero los mantuvo a los lados. «¿Crees que soy una idiota? Porque me hablas como si lo creyeras». Era más fácil estar enojado que tener miedo. Porque si dejaba que la ira se desvaneciera, iba a estar jodidamente aterrorizada. Alguien o *algo* había entrado en su habitación y asaltado su cama.

¿Y si hubiera entrado cuando ella estaba dormida?

Y ante la idea, hizo un ruido y hundió la cara entre sus manos. Alguien podría haberla visto dormir, podría haberla atacado y desgarrado con esas garras aterradoras como si nada. Y su seguridad nunca se habría enterado.

No lloró. No había lágrimas. Pero su respiración se aceleró y se dio cuenta de que estaba hiperventilando.

Entonces Andre estaba allí, con una mano en su espalda frotando hacia arriba y hacia abajo en un movimiento relajante.

Por un momento se sintió bien. Por un momento se dejó consolar. Y luego se separó y puso espacio entre ellos.

¿Este es otro hombre lobo?», preguntó.

Había una mirada contemplativa en el rostro de Andre. «No lo sé».

«¿Hay otros hombres lobo?». Había oído la historia de cómo Andre y su manada se habían convertido. Era difícil de creer. Por magos malvados. Un bosque milenario. Secuestro. El gobierno de EE. UU., dando de baja a un grupo de soldados para evitar un incidente internacional. No sabía qué parte era la más difícil de creer. «Si no lo sabes, entonces ¿cómo puedes ayudarme?».

Ahí estaba la ira otra vez. Dejó que chisporroteara en sus venas. Sí. Ella quería esta ira. Quería cualquier cosa que detuviera los pensamientos de lo que un hombre lobo furioso podría hacerle si entraba en su habitación cuando estaba sola y desprotegida.

Los ojos de Andre se iluminaron con ese brillo dorado de su lado lobuno y caminó hacia ella, elevándose de una manera que debería haber sido intimidante. Captó una pizca de su olor, algo oscuro y masculino que quería frotar sobre sí misma.

No, no era su olor lo que quería frotar sobre ella. Era él mismo. El miedo y el deseo se arremolinaban dentro de ella, luchando por el dominio. No le tenía miedo a Andre. No importaba lo frustrada que estuviera con él, sabía que él nunca la lastimaría. Al menos no a propósito. Había venido para protegerla. Pero ¿por qué tenía que ser él? Cualquier otro hombre lobo hubiera sido mejor. Se había llevado bastante bien con el resto de ellos.

Está bien, tal vez no con Vega. No necesitaba que alguien más fuera mordido accidentalmente.

«Me necesitas, cariño». Se le acercó. No tendría que inclinarse mucho si quería besarlo.

Cosa que ella no iba a hacer. Tanto porque no le caía bien como porque ahora no era el momento. Pero santo infierno, este tipo presionaba todos sus botones.

«No me llames cariño», frunció el ceño incluso cuando algo muy, muy *dentro* de ella se calentó con esa palabra.

«Preciosa, bombón, encanto». De alguna manera hacía que esas palabras sonaran siniestras. «Soy el único que se interpone entre tú y una enojada bestia con garras. ¿De verdad vas a echarme?».

Ella quería hacerlo. Sería estúpido. Probablemente suicida. Porque si bien podía pretender que el incidente en su vestidor había sido una broma, lo que habían hecho aquí a sus sábanas, no lo era. El camerino no era privado. Pero se suponía que su habitación de hotel lo era. Era lo más parecido a un santuario.

Y alguien había venido a violarlo.

Sus miradas se encontraron. Estaba decidido a quedarse y ella quería que se fuera. Y ambos sabían que él ya había ganado esta pelea. Ella no era estúpida. Algo estaba pasando que su seguridad regular no podía manejar.

Algo estaba sucediendo que requería la protección de un hombre lobo. Y el único que tenía a su disposición era Andre Gordon.

El estúpido, excitante e irritante Andre Gordon.

Si él no daba un paso atrás, ella le iba a hacer algo. Probablemente besarlo. Tal vez golpearlo. ¿Tal vez ambos?

No sabía de dónde venían esas tendencias violentas. El aire estaba cargado de posibilidades y necesitaban hacer algo para romperlo.

Andre extendió la mano y sus dedos rozaron su brazo. Ella no tenía idea de lo que estaba planeando. Y antes de que pudiera hacer nada, escuchó que alguien deslizaba una llave en la cerradura y abría la puerta.

Andre se dio la vuelta con un gruñido.

$$7$$

El gruñido de Andre se convirtió en un rugido cuando una mujer de cabello oscuro y anchos hombros entró en la habitación. Ella lo miró parado frente a Em, su cuerpo protegiendo el de ella, y buscó algo en su cinturón. Estaba listo para lanzarse sobre ella. ¿Era ella la que estaba asustando a Em? ¿Por qué tenía una llave de su habitación?

«Está bien, Darlene. Es un amigo. Más o menos», dijo Em por encima de sus hombros.

Andre quería volver a mirarla y preguntar qué se suponía que significaba eso. Pero entre el instinto protector que lo impulsaba, la lujuria que corría por sus venas y su necesidad de resolver el rompecabezas de lo que intentaba lastimarla, no le quedaba mucha energía para analizar esa oración.

Em golpeó su cadera para moverlo hacia un lado, y

se encontró moviéndose sin siquiera pensarlo. Necesitaban hablar sobre quién estaba al mando cuando se trataba de mantenerla a salvo, pero claramente Em no temía a esta mujer y por eso Andre seguiría su ejemplo.

Por ahora.

Em se interpuso entre ellos e hizo las presentaciones, gesticulando como si se encontraran en una fiesta y no en su habitación de hotel después de que algún tipo de criatura hubiera atacado. «Darlene, este es Andre. Andre, esta es Darlene, mi jefa de seguridad».

«Y lo metiste a escondidas en tu habitación, ¿por qué?», Darlene preguntó con calma. No había una acusación en la pregunta. Si ella era la jefa de seguridad, era su trabajo saber quién estaba alrededor de Em y qué estaban haciendo en todo momento. Por supuesto, Darlene y su gente no habían notado a Andre hasta ahora. Así que dudaba seriamente de sus habilidades.

«Es un investigador privado», explicó Em con una sonrisa.

¿Desde cuando? Pero Andre estaba interesado en ver a dónde estaba llevando esto.

Continuó como si no estuviera soltando mentiras. «Lo llamé por las cosas extrañas que han estado sucediendo en los últimos dos días. Solo quería que echara un vistazo».

«¿Ha habido más cosas raras?», preguntó Darlene, cruzando los brazos. Sí, ese lenguaje corporal no era bueno, y Andre no necesitaba ser un verdadero investigador privado para saberlo.

Em asintió con la cabeza hacia la cama. «Cuando llegamos aquí, todo esto estaba destrozado».

Darlene dio unos pasos dentro de la habitación y Andre quería evitar que se acercara más. Percibió un buen olor de su esencia, limpia y un poco afrutada por el jabón que estaba usando, y definitivamente no olía en nada como la falta de esencia que provenía de las sábanas o el vestuario.

«¿No viste quién entró?», preguntó Darlene, sus ojos recorriendo la destrucción y su expresión cada vez más oscura por momentos.

«¿Tú sí?». Él no pudo evitar preguntar. Se suponía que ella era la que se encargaba de la seguridad.

Darlene lo miró fijamente. Bueno, no planeaba hacer un amigo. De alguna manera aprendería a vivir con eso.

«Haré que el servicio de limpieza suba y se ocupe de ello e informaré al resto del equipo que necesitamos hacer más patrullas», dijo Darlene con un asentimiento decisivo. «¿Es suficiente una hora para que mires alrededor? Em necesita estar de vuelta en el centro de convenciones pronto».

Una hora no era nada. Pero Andre no sabía lo que estaba buscando. Probablemente necesitaría sacar su teléfono y buscar consejos sobre cómo ser un investigador privado en Internet, pero no estaba dispuesto a decirle eso a Darlene. «Puedo hacer que funcione», prometió.

Ella asintió, su expresión tensa se aflojó un poco cuando él no luchó contra ella. «Dejaré que ustedes dos *investiguen*». Y había un fuerte indicio de sospecha en esa palabra. Darlene los dejó solos en la habitación, la puerta se cerró detrás de ella.

«Ella piensa que estamos follando, ¿no es así?», le preguntó a Em. Y su polla se animó ante ese pensamiento.

Ella se encogió de hombros. «Probablemente».

Un punto para el investigador privado. Había que decirlo. «¿Por qué le mentiste? No soy un IP». Por alguna razón, algunas personas pensaban que eran lo mismo. El trabajo de Andre era saltar frente a las balas, no averiguar por qué estaban siendo disparadas.

Em levantó las manos en el aire. «¿Qué se suponía que debía hacer? Ella es mi jefa de seguridad. No quiero que se sienta como una mierda debido a tonterías sobrenaturales que posiblemente no podría prever. Su trabajo es contener a los fanáticos locos y alejar a los paparazzi de mí. No implica protegerme de los hombres lobo».

Andre podía ver su punto, y por primera vez sintió un poco de lástima por la jefa de seguridad. Tal vez no era su culpa que él hubiera irrumpido. No era un fanático enloquecido y ciertamente no era un paparazzi. «¿Necesitas volver al escenario?».

Em negó con la cabeza. «Todavía tengo algo de tiempo libre antes de que Melinda venga a buscarme».

«¿Melinda?». Probablemente tendría que tomar notas de todos estos nombres. Y eso era algo a lo que estaba acostumbrado. No era un IP, pero era un guardaespaldas, y hacer un seguimiento de todas las personas con las que interactuaba su cliente era solo parte del trabajo.

«Ella dirige el espectáculo», dijo Em con una sonrisa exasperada. «Tiene programas sobre programas encima de programas, y si no los cumplimos, sale humo de sus oídos y se enoja mucho y luego grita y no me gusta».

Eso le arrancó una carcajada. «Antes he tenido comandantes así».

Compartieron una sonrisa, y esta vez no estaba enojada, ni acalorada, ni nada, excepto que mostraba un poco de camaradería. Y eso era más aterrador que cualquier otra cosa.

Andre apartó la mirada de ella. «No tenemos mucho tiempo. Déjame echar un vistazo».

La habitación del hotel era enorme. Estaba el dormitorio principal con la cama King dominando el espacio. Había un baño que era más grande que el apartamento que solía compartir con Owen. Y una parte de él estuvo tentado de llenar la tina con agua caliente y sumergirse en ella, se veía tan cómoda.

Había una sala de estar con un enorme sofá y un televisor lo suficientemente grande como para que pareciera que estaba en la yarda 50 de cualquier partido de fútbol que viera. Y había una pequeña cocina con una nevera en miniatura y una pequeña estufa y un microondas. Era más un apartamento que una habitación de hotel.

Andre dejó la cama para el final, recorriendo la habitación y buscando cualquier lugar que tuviera la misma falta de olor que la cama. Había un indicio de ello junto a la puerta, que había sido dominada en su mayor parte por su aroma, el de Em y el de Darlene. Pero la cocina y la sala de estar solo olían a Em. Obtuvo una pista en el baño, pero nada más. Parecía que la actividad se limitaba principalmente al dormitorio.

Estudió las rasgaduras en la tela. No parecía que lo hubiera hecho ningún cuchillo, todo estaba demasiado irregular. Sabía lo que podían hacer sus garras, y suponía que se vería así si elegía destruir la ropa de cama.

A pesar de lo que había visto en las películas y la televisión, Andre no tenía la capacidad de invocar sus garras cuando estaba en su forma humana. Él y su manada parecían estar adquiriendo nuevas habilidades, pero él aún no había adquirido ese talento. Esperaba que algún día lo hiciera. Sería muy útil ahora. Porque si quería ver si las marcas de las garras coincidían, entonces su única opción con lo que un lobo podía hacer era cambiar por completo e intentar hacer algunas propias.

Lo consideró. Pero cambiar y luego volver a

hacerlo, lo agotaría, y le mostraría algo que estaba bastante seguro de que ya sabía. Sabía cómo eran las marcas de garras. Y no era como si estuviera tratando de demostrar que eran exactamente iguales a él.

Algo con garras perseguía a Em y podía alcanzarla en cualquier lugar.

Ese era el punto de atacar su habitación. Ninguna seguridad podía detenerlo.

Al menos ese había sido el caso antes de que él apareciera. Ahora esta bestia con garras tenía un nuevo enemigo, e iba a desear nunca haber amenazado a Em después de que Andre terminara con él.

8

Em observó a Andre trabajar más cerca de lo que debería. Tenía el tipo de gracia acechante que ella esperaría ver si estuviera en su forma animal. Pero nunca lo había visto con su piel de lobo. Y se dio cuenta de que quería hacerlo.

En el mes desde que descubrió que los hombres lobo eran reales, había pasado mucho tiempo investigando sobre ellos. Durante un día había caído en la madriguera del conejo de creer en investigaciones obsoletas sobre alfas, betas y omegas. En esa estructura, pensó que Andre sería un alfa, incluso si actualmente estaba siguiendo las órdenes de Jericho Gibson. Si esa investigación hubiera sido correcta, no se habría quedado por mucho tiempo.

Pero las cosas eran mucho más complejas que una estructura de liderazgo descompuesta y basada en el dominio del más fuerte. No dudaba que Andre pudiera vencer a cualquiera en una pelea. Pero tal vez todavía tenía algunas cosas que aprender sobre cómo liderar personas.

Ella sacudió su cabeza. Los lobos salvajes se organizaban en estructuras familiares no muy diferentes a los humanos, con una mamá y un papá y los bebés lobo. Fácil de entender, aunque un poco decepcionante por no explicar algunos de los caprichos de la existencia humana.

Em realmente tenía que dejar de pensar en lobos salvajes. Andre era un humano que podía convertirse en lobo. Eso era todo.

«¿Tienes alguna idea?», preguntó, aunque solo fuera para que no pareciera tan raro que no pudiera dejar de mirarlo.

Él estaba de pie junto a su cama, y ella se esforzó mucho por no imaginar cómo se vería si él estuviera acostado desnudo sobre ella.

Maldición. Y allí estaba esa imagen en su cabeza. Su piel se vería bien en sus sábanas. Presionando contra ella. Presionando en ella. Manos calientes acariciando su carne como su pol...

No. Ella no iba a hacer eso. No podía recordar la última vez que había deseado tanto a un hombre, pero no llegó a tenerlo. Ni siquiera le *gustaba*.

Si estuviera en un período más autodestructivo de su vida, podría haber sugerido que follaran sólo para sacarlo de su sistema. Pero eso nunca funcionaba, y

Andre estaba aquí por una razón. Iba a aceptar la ayuda que él tenía que darle y nada más.

«Ninguna», dijo Andre, la frustración entrelazaba sus palabras. Miró las sábanas como si pudiera intimidarlas para que confesaran.

«¿No hay pruebas?». La mayoría de sus ideas sobre la recopilación de evidencia provenían de "La Ley y el Orden", "CSI" y de otros dramas policiales populares. No era exactamente algo que se mantendría en la corte. O algo que les diera una pista sobre cómo investigar un fenómeno sobrenatural. Pero también había programas de televisión para eso.

«No. No hay *nada*». Hizo hincapié en la palabra como si en lugar de nada, realmente significara algo.

«¿Qué quieres decir?». Pensar en hombres lobo y magia le estaba lastimando el cerebro.

Andre luchó por un momento antes de que pareciera darse cuenta de lo que quería decir. «Todo tiene un aroma. Y desde que yo... ya sabes... mi sentido del olfato ha mejorado. A veces eso *no* es un don». Se estremeció ante un recuerdo que no compartió.

Ella tuvo que sonreír ante eso. No sabía cuánto tiempo se había quedado en el ejército antes de ser dado de baja, pero si sus sentidos se habían agudizado mientras vivía en los barracones, eso tenía que haber sido una pesadilla. Tenía la sensación de que los chicos del ejército podían oler muy mal.

Él continuó. «Pero tu cama y el vestuario no tienen

ningún olor en absoluto. Es como un vacío. Nunca me había encontrado con algo así».

Ahora ella estaba empezando a entenderlo. No solo estaba hablando de que algo estaba súper limpio. «Eso no suena como un hombre lobo. Asumo que uno tendría un olor». Se preguntó cuán diferente era de lo que ella podía oler. ¿Sólo era más? ¿O había algo indescriptible en ello?

«Un hombre lobo normal, si existe tal cosa, tendría un olor», confirmó él. Se agachó junto a la cama y olió otra vez antes de volver a levantarse. Entonces él la miró y... ¿era eso un *sonrojo*? Tal vez se sintió un poco cohibido por hacer algo inhumano frente a ella.

Pero ella lo necesitaba porque él no era completamente humano. Y necesitaba pensar fuera de la caja. «¿Un hombre lobo fantasma?». Sonaba ridículo incluso ante sus propios oídos cuando lo sugirió, pero ¿qué más se suponía que debía pensar? Ya estaban en una posición donde los hombres lobo eran la norma.

Andre frunció los labios y lo consideró. Finalmente, se encogió de hombros. «Tal vez. No sé si los fantasmas existan. Pero es algo con garras y algo que no tiene olor. Intentaré investigar. Pero mientras tanto, creo que deberías cancelar el concierto de esta noche».

¿*Qué* fue lo que dijo? «¿Qué?». No había manera de que hubiera escuchado eso bien. «Hay miles de personas que ya están en camino. Me matarían mucho más que una especie de hombre lobo fantasma si cancelo esta noche».

Pero su mandíbula estaba apretada y toda esa intensidad sexy, no, no sexy, apuntaba hacia ella. «Esta cosa podría atacarte. Sólo di que tienes... agotamiento... o lo que sea que las estrellas del pop dicen que tienen cuando no quieren actuar».

¡Estúpido! Y las cosas habían ido tan bien. «En primer lugar, soy una estrella de rock, no una estrella del pop. No importa, pero seamos específicos. En segundo lugar, estoy físicamente bien y no quiero que surjan rumores de que estoy a punto de entrar en rehabilitación, o de alguna cirugía plástica, o que estoy embarazada, o cualquiera de las otras docenas de rumores que se arremolinarán si cancelo un concierto en el último minuto debido al *agotamiento*. No estoy cansada. Estoy bien». Y algún estúpido hombre lobo fantasma no iba a impedir que actuara. Podría asustarla, pero no la intimidaría.

Andre dejó escapar un sonido de frustración que rayaba en un gruñido lobuno. «No me importa por qué canceles. Di que son dificultades técnicas. Prende fuego a la maldita sala del concierto, si es necesario. Pero *no* deberías subir al escenario esta noche».

«Anoche estuve en el escenario y todo estuvo bien». Había estado un poco asustada, pero todo eso se había desvanecido cuando una canción se mezclaba con la siguiente.

«Anoche subiste al escenario y hoy atacó tu dormitorio. Eso es una escalada. Claramente puedes verlo».

Sus ojos estaban un poco salvajes mientras expresaba sus puntos.

A medida que sus palabras se calentaban, se acercaban más y más el uno al otro. Era como si siguieran siendo atraídos hacia la órbita del otro.

¿Por qué no podía evitar acercarse a este hombre? Era irritante. No tenía dudas de que él haría algo extremo para cancelar el concierto si pudiera.

Y no había forma de que ella se lo permitiera.

«¿Entonces estás diciendo que no puedes protegerme?», ella lo desafió. Él había sido quien insistió en quedarse. Para poder hacer su maldito trabajo. «Cancelar es un gran problema. No puedo hacerlo. Encuentra otra manera de mantenerme a salvo».

Andre retrocedió y comenzó a caminar. «¿Pasó algo así antes de que llegaras a esta ciudad? Has estado aquí durante casi una semana, ¿verdad?».

Y se suponía que ella debía haber disfrutado de estar en un solo lugar. Los hombres lobo fantasma tenían una forma de estropear las cosas. «Así es. Saldremos mañana. Y no pasó nada extraño antes. Quiero decir, nada más que las rarezas normales de la gira que suceden ocasionalmente».

«¿Rarezas normales de la gira?», preguntó, con una ceja levantada.

Era algo tan habitual en las giras que a Em le llevó un minuto darse cuenta de lo que había que explicarle. «Las cosas se estropean. No es mágico. Esta era la primera vez que algo había sido arañado de esa forma».

Esa respuesta no lo satisfizo. «Entonces, ¿por qué llamaste a Stasia de inmediato? Parece un poco extraño pedir ayuda después de un incidente».

«¿Viste el tamaño de esas garras? Y he estado teniendo pesadillas». Odiaba admitirlo. Pero él había preguntado para que ella respondiera. «Por lo general, sólo me derrumbo por agotamiento después del espectáculo. Pero durante la última semana más o menos, sentí que algo me había estado persiguiendo. Podrían ser pesadillas regulares. Sucede todo el tiempo».

Hizo un sonido de reconocimiento, ni de acuerdo, ni en desacuerdo. Y luego se quedó en silencio, sus ojos recorriendo la habitación mientras pensaba. «Voy a necesitar hablar con Darlene. No sé cómo mantenerte a salvo de un fantasma de hombre lobo, pero haré lo mejor que pueda».

«Si tenemos suerte, sólo se encuentra en la ciudad y desaparecerá una vez que me vaya». Ella así lo esperaba. Tal vez el hotel estaba embrujado por un hombre lobo fantasma y ese era el problema.

¿En qué se había convertido su vida?

«Nos», corrigió él.

«¿Nos?» Tenía la sensación de hundimiento de que sabía a qué se refería.

«Estás atrapada conmigo hasta que esto se resuelva». Y por la forma en que Andre lo dijo, sonaba como una amenaza.

9

ANDRE NECESITABA DEJAR QUE EM SALIERA DE ESTA habitación. Ahora mismo. Estaban de pie muy cerca. Más cerca y estarían abrazados.

Eso era lo que su lobo quería. No. Exigía. Quería besarla. Quería dejar su marca en ella para que cualquiera que la viera supiera que era suya.

Quería reclamarla.

Se estaba volviendo loco. Em respiró hondo y pudo ver la discusión arremolinándose en sus ojos. ¿De verdad pensaba que él no se quedaría con ella hasta que esto se resolviera? ¿Realmente pensó que podría deshacerse de él tan fácilmente?

No podía alejarse.

Y ahora sentía un poco de simpatía por Owen. No había entendido por lo que pasó su amigo cuando aceptó el trabajo de proteger a Stasia. Si era algo como esto, no era de extrañar...

No. Andre no pensaría así. Esto no era lo mismo. Em no era su pareja. Esto no era magia de hombre lobo.

Pero la palabra pareja resonó en su cerebro y su lobo interior rugió de satisfacción.

Pareja.

Suya.

No va a pasar.

«No es necesario que vengas conmigo», insistió Em. Se formó una línea entre sus cejas, y él quería estirar la mano y suavizarla solo para ver cómo reaccionaría.

Andre respiró hondo, aspirando su olor profundamente en sus pulmones. Con la forma en que el olor había sido eliminado de su habitación por la bestia que había marcado su cama, su olor era aún más fuerte de lo normal y él se deleitaba en él. «No te vas a deshacer de mí», repitió.

«¿Así que pelearías con Darlene si yo te echara?». Se cruzó de brazos y su rostro estaba lleno de desafío.

Se preguntó si ella realmente lo haría. Y se preguntó cómo respondería. No estaba dispuesto a luchar contra un humano. Era más fuerte, más rápido y mejor entrenado. No iba a lastimar a nadie. Y no pensó que Em lo obligaría.

Aún así, ella estaba luchando contra él. «Informaré si algo más resulta extraño. No necesitas interrumpir tu vida por mí». Ella se echó hacia atrás como si fuera a alejarse de él, y Andre envolvió sus dedos alrededor de su brazo para mantenerla cerca. No la estaba sujetando con fuerza. Si luchaba en absoluto, podría escapar. Pero ella no luchó. Y dejó de intentar retroceder.

«Ambos sabemos que eso no es suficiente». No quería imaginar lo que sucedería si las cosas pasaban del vandalismo a la violencia.

«Tiene que serlo». Ella no quería retroceder.

Pero su voluntad era tan fuerte como la de ella. «Necesitas un guardián». Las palabras fueron un error. Él lo sabía. Y, sin embargo, era cierto. ¿No podía ver que nadie podía protegerla tan bien como él?

Ambos sabemos que no quieres quedarte conmigo. Ella levantó una ceja en desafío.

Sus dedos se apretaron en su brazo, sólo un poco, sólo un recordatorio. Pero Andre no sabía qué decir a eso. Ayer, él habría estado de acuerdo. Hace dos horas, habría estado de acuerdo. ¿Pero ahora? Ahora mantenerla a salvo era lo primero que tenía en mente. O posiblemente lo segundo si la cama estaba en su línea de visión. Y no estaba pensando en hombres lobo fantasmas cuando la vio. «Creo que te sorprendería lo que quiero», dijo finalmente.

Ella resopló, y eso rompió parte del hechizo que los mantenía unidos. «Quieres lo que todos los chicos quieren. Ser un hombre lobo no te hace tan especial».

¿Debería sentirse ofendido por eso? Su rostro se arrugó por la concentración, pero decidió que era una broma lo suficientemente buena como para tomarla con calma. Y él había visto el deseo en sus ojos. Sin importar lo que sintieran el uno por el otro en algún momento, ambos sentían un deseo carnal. Uno del que tenía pocas dudas se convertiría en una conflagración si estuvieran solos durante el tiempo suficiente.

Y quería arder.

«¿Qué dice Gibson acerca de que te quedas tanto tiempo?». Ella cambió de táctica, todavía tratando de librarse de él.

Andre se encogió de hombros; había hecho su elección y no se iría. «Él sabe que estoy aquí. Puede llamarme si me necesita». No estaban nadando exactamente en trabajos. Su equipo de guardaespaldas era nuevo y trabajaba por referencias. Eso significaba que a veces pasaban semanas sin una asignación. Entre el dinero de la familia de Gibson y los pagos que los militares les habían hecho para comprar su silencio, podían arreglárselas con todo el tiempo de inactividad.

Los hombros de Em se hundieron cuando se rindió. «Bien. Pero si causas problemas o haces las cosas más difíciles de lo que deberían ser, te vas». Ella levantó una mano antes de que él pudiera discutir. «No eres el único hombre lobo en el mundo. Siempre puedo llamar a uno de tus amigos. Acabas de decir que no tienes trabajo en este momento. Así que hazme enojar y conseguiré que... Rowe... venga a cuidarme»,

Le tomó un momento recordar ese nombre, pero su lobo se irritó ante la sugerencia y tuvo que reprimir un gruñido. No iba a dejar que Leland Rowe pusiera sus patas sucias sobre su... sobre Em.

No va a suceder.

«Estás atrapada conmigo, cariño», declaró, y no pudo evitar la sonrisa que se extendió por su rostro ante la idea. Ella podría estar indignada, pero seguía siendo suya... para protegerla. Eso era todo.

Ella puso los ojos en blanco. «Cariño. ¿Realmente estamos haciendo eso, precioso?».

El juego estaba en marcha.

El lugar de Andre en su vida, por ahora, aparentemente estaba decidido. «Si no vuelvo pronto, Melinda me va a asesinar. Y entonces el concierto definitivamente será cancelado. Así que vámonos». Ella lo condujo fuera de la habitación. Y Andre se dio cuenta de su error justo cuando estaba abriendo la puerta.

Extendió la mano y tiró de ella hacia atrás. «Atravieso las puertas primero. Ya sabes cómo funciona esto».

Ella suspiró y puso los ojos en blanco. «Este es un piso seguro. No tengo guardaespaldas a mi alrededor las veinticuatro horas del día, los siete días de la semana».

Tal vez debería. Pero Andre estaba aprendiendo, y se guardó ese pensamiento para sí mismo.

Salió al pasillo y ella lo siguió. Y antes de que Andre pudiera dar dos pasos, un brillante destello de luz blanca lo distrajo.

Pensó que era el fantasma del hombre lobo, y realmente tenían que pensar en un término mejor que ese, pero luego escuchó pasos resonando por el pasillo y vio una forma que se retiraba por una salida de emergencia.

«Malditos paparazzi». Em frunció el ceño y gritó algo tan creativamente insultante hacia el hombre que Andre quedó impresionado.

Estaba listo para salir tras el chico, pero la mano de ella en su brazo lo detuvo.

«Deja que se vaya», dijo, sonando derrotada. «Será una historia más si luchamos contra él. Vamos. Tenemos que irnos».

10

Los músculos de Andre se tensaron bajo las yemas de los dedos de Em, y ella estaba segura de que iba a ignorar su orden y que de todos modos iba a perseguir al paparazzo. Ella lo agarró un poco más fuerte, solo para evitar que él se hiciera de alguna idea.

«Todavía podría atraparlo», dijo. «Definitivamente soy más rápido que su trasero». Sus ojos habían adquirido ese brillo dorado de hombre lobo, y había una nitidez en sus rasgos que no había visto antes. Si el buitre se hubiera quedado un poco más, habría tenido una gran oportunidad. O podría haber sido devorado por un hombre lobo hambriento.

Ese no era un riesgo en el trabajo que pudiera anticipar.

Em casi sonrió, pero la violación de su privacidad era demasiado nueva. «No importa. Esos imbéciles hacen una copia de seguridad de sus datos de inmediato. La imagen ya está en la nube. No es gran cosa. Lo prometo». No era gran cosa. Ella no estaba mintiendo. Pero habría rumores de un nuevo hombre en su vida antes de que terminara el día.

Potencialmente molesto. Y Andre odiaría las especulaciones que seguramente se le presentarían. Pero ya no había nada que hacer al respecto.

Un gruñido retumbó en la parte posterior de la garganta de Andre, y sus rasgos se volvieron aún más afilados. Al igual que sus dientes. Su control sobre su forma humana parecía estar desapareciendo mientras la ira hacia el paparazzi lo invadía.

Eso no podría pasar. En este momento necesitaba ser un hombre, no un lobo.

Em lo empujó hacia un hueco un poco más abajo en el pasillo. Él dejó que ella lo guiara, sin hacerse ilusiones al respecto. Pero lo necesitaba fuera de la vista hasta que tuviera el control de sus rasgos.

Ella deslizó sus manos hacia arriba para agarrar sus bíceps; lo habría inmovilizado en su lugar si fuera más fuerte. Sus manos aterrizaron en sus caderas y estaban lo suficientemente cerca para besarse. Se congeló cuando la realización la golpeó.

Esto era realmente un abrazo. Cualquier cosa antes de que pudiera haberse mentido ella misma. Pero ahora estaban a un suspiro de distancia de un beso. Y Em quería inclinarse y robárselo. Quería saber a qué sabía Andre.

Lo quería todo.

Y la parte inteligente de sí misma quería retroceder. Esto era una locura. ¿Qué tipo de persona era que se sentía aún más atraída por Andre cuando él apenas se aferraba a su humanidad? ¿Cuando estaba mostrando el monstruo que vivía dentro de él?

Pero él no era un monstruo. Su lobo estaba saliendo a la superficie para protegerla. Así como el hombre se comprometía a hacerlo.

Y estaba más claro que nunca que él tenía razón.

Se suponía que este piso era seguro y, sin embargo, un fotógrafo había capturado una foto por dinero. Andre había podido escabullirse detrás del escenario como si nada. Tenía enormes agujeros en su seguridad y más de qué preocuparse que un hombre lobo fantasma.

Una de sus manos se deslizó por su brazo y ahuecó justo a lo largo de su mandíbula, acunando su rostro entre sus dedos. Los ojos de Andre se cerraron y se inclinó hacia el toque. Su barba incipiente raspó contra su palma, y fue más erótico que la caricia más íntima. Podía imaginar cómo se sentiría entre sus muslos.

Ella apartó la mano.

Tenía que superarlo. Esto era inducido por la adrenalina. Primero el ataque de anoche, luego el descubrimiento del ataque de hoy, luego el paparazzi. Todo se derrumbaba sobre ella y la hacía sentir cosas que se suponía que no debía sentir. Que no podía permitirse el lujo de sentir.

«Debería ir a la prueba de sonido», le dijo, pero no retrocedió, y su otra mano todavía estaba en su bíceps.

Mientras que las manos de él seguían en sus caderas. «Dijiste que Melinda te mataría si llegabas tarde», estuvo de acuerdo, pero no hizo ningún movimiento para alejarse.

Sus miradas se encontraron. Los ojos de ella se posaron en sus labios, y su lengua salió disparada para humedecer la suya, haciéndolos aún más rosados y tentadores.

Un beso. ¿Qué podría doler?

Su carrera. Su cordura. Su vida.

¿Su corazón?

Ese era un órgano con el que Em no había estado pensando durante la última hora más o menos. No importaba cuánto deseara a Andre a nivel físico, dudaba que hubiera algo más.

Esto era loca lujuria de hombre lobo. Claramente esto pasaba a algunas mujeres y ella solo tenía que encontrar una manera de lidiar con eso.

Pero para Stasia, era más que lujuria. Usaron la palabra que Em tenía miedo incluso de *pensar*. No había manera de que ella y Andre compartieran la misma conexión, sin importar cuán abrasadoras y rápidas fueran las cosas entre ellos.

Algunas personas simplemente estaban excitadas el uno por el otro. Y ella podía aceptar que esa era la situación aquí. Pero ella se negó a dejarlo ir más lejos.

Ella tenía que ser la cuerda.

«Tengo que ir a la prueba de sonido», dijo con más firmeza. Pero su mano solo apretó más fuerte contra él.

Andre tiró un poco de sus caderas y la movió un par de centímetros hacia adelante. Su pecho rozó el de él, y sus pezones se apretaron con deseo. Si se arqueaba más cerca, sentiría su pene y estaría duro. Ella estaba segura de eso.

Esto era malo. Y deliciosamente bueno. Lo deseaba tanto que casi lo llevó de regreso a su suite. A la mierda la prueba de sonido. Sus ojos habían vuelto a su color normal y sus rasgos habían perdido algo de esa nitidez. Era humano de nuevo.

Pero sus ojos todavía estaban hambrientos como el...

No. Se negaba a pensar eso.

Pero pensar en la canción hizo que la risa burbujeara en su garganta y rompió el hechizo sensual que la mantenía en su lugar.

«¿Qué?», preguntó Andre confundido, y su confusión pareció disipar parte de su lujuria.

Ella no debería decirlo. Él pensaría que ella era tonta o que no se estaba tomando las cosas en serio. O puede que simplemente no le gustara la broma.

Pero la idea de molestarlo fue suficiente para que las palabras salieran. «Parecías hambriento. Como el lobo».

Andre gimió. «No puedo creerte». Él le dio un empujón juguetón, nada que pudiera hacerle daño, y ella dio un paso atrás.

Cantó algunas líneas y estaba bastante segura de que, si había algún peligro cerca de ella, provenía del hombre lobo que parecía listo para taparle la boca con su garra gigante para callarla.

Cantó las líneas y se pavoneó por el pasillo hacia el ascensor, casi saltando de la sorpresa cuando Andre se unió a ella para el resto del coro.

¿Quién sabía que el hombre lobo era capaz de tener humor? ¿O que sabía cantar?

Su corazón latió un poco más rápido y amenazó con abrirse e invitarlo a entrar.

Ella estaba en problemas. Si Andre sonriera, cantara y actuara como una persona, podría empezar a tener sentimientos. Y ella no podía permitirse el lujo de hacer eso.

Tal vez necesitaba llamar a Stasia. Todo esto había comenzado con feromonas locas de hombre lobo, y tenía que haber alguna forma de resistirlas.

Eso esperaba, porque ceder a la tentación de Andre Gordon podría ser lo más peligroso que jamás había considerado.

11

Andre observó desde los bastidores cómo Em comenzaba su prueba de sonido. Nadie, excepto algunos miembros del personal, estaban entre la audiencia, pero habría sido imposible saberlo por la intensidad de su actuación. Ella se entregaba por completo. Y era increíble verla.

Andre no había ido a un concierto en años. Después de ser convertido, le preocupaba que sus sentidos agudizados se activaran por la sobrecarga sensorial que venía de una actuación.

Pero todo su ser estaba concentrado en Em. Todos sus sentidos en sintonía. Y se estaba sintiendo bien.

O tal vez, no bien.

Ser cautivado por ella significaba que estaba eludiendo su deber. Se suponía que él la mantendría a salvo. Se suponía que él estaría atento a actividades sospechosas u hombres lobo fantasmas, no escuchando su canto a coro sobre vengarse después de haber tenido un engaño.

¿Quién carajo podría engañarla?

Fuera quien fuera sobre quien estaba cantando, se alegraba de que se hubiera largado. No es que él debería estar pensando así. Ella no era suya, sin importar cuánto la deseaba.

Se obligó a dejar de pensar en eso. Caminó más profundo detrás del escenario para tratar de tener una idea de su seguridad. Y como sospechaba, era una pesadilla.

No estaban enfocados de la manera que necesitaban estarlo. Pero Andre miraba esto a través de los ojos de un soldado. Una fuerza de seguridad civil tenía objetivos diferentes. Pero tenía la sensación de que necesitaría hablar con Darlene. No podía decirle exactamente por qué estaba presente. Ella no le creería si pronunciara las palabras hombre lobo fantasma, pero nunca debería haber dejado que ese paparazzi subiera hasta su cuarto.

¿Alguien había sido pagado? ¿Había sido una negligencia? Quería llegar al fondo del asunto, pero no era su trabajo. Le contaría a Darlene lo que había sucedido. Ella necesitaba saberlo. Pero tendría que dejarlo así.

Por ahora.

Y ese era un deber que podría hacer más tarde. Primero tenía que informar. Este no era un trabajo oficial, pero los demás necesitaban saber qué estaba pasando, especialmente en el aspecto sobrenatural.

Desde que habían cambiado a Stasia, estaban prestando más atención a las formas en que estaban transformándose y las realidades de ser hombres lobo en este mundo. Gibson había sondeado a algunos de sus antiguos contactos y estaban tratando de recopilar la mayor cantidad de información posible, incluso si llegaba a paso de tortuga.

Este desarrollo era lo más grande que había sucedido desde que se convirtieron, y Andre no tenía forma de saber si los hombres lobo tenían algo que ver con eso.

Regresó al camerino de Em ya que estaba lo suficientemente tranquilo para hacer la llamada e intentó comunicarse con Gibson. Pero el mayor no contestó, y eso no era algo que Andre pudiera dejar en un mensaje. Podía volver a llamar más tarde, pero tenía que hablar con alguien. Y Stasia estaría desesperada por saber si las cosas estaban bien con Em. Así que llamó a Owen.

Trazó distraídamente los agujeros en la mesa que hacían juego con el traje rasgado y las sábanas. No eran tan profundos. Podrían haberse hecho con un cuchillo o tal vez incluso con un bolígrafo, si se contaba con suficiente tiempo. Pero Andre lo dudaba.

Su amigo respondió al primer timbre. «Esperaba saber de ti antes», dijo Owen, pero no había ninguna acusación en sus palabras. Era un tipo alegre, casi siempre optimista y esperando lo mismo de todos los demás.

Andre no tenía idea de cómo los dos se habían convertido en mejores amigos. «Han sido un par de horas interesantes». Le contó a Owen sobre el vestuario y la ropa de cama desgarrados y sobre la extraña falta de olor.

Por medio momento consideró mencionar la explosiva atracción entre él y Em, pero se contuvo. *Eso* no tenía nada que ver con el hombre lobo fantasma. Y no era como si Em fuera su pareja.

Su lobo gruñó ante esa negación; tenía otras ideas.

No era asunto de Owen. Así que Andre se mantuvo callado sobre ese aspecto.

«¿Un hombre lobo fantasma?», Owen se mostró escéptico y, si Andre no estaba equivocado, había un dejo de risa en su tono.

«Sé que suena como una locura. ¿De qué otra manera lo llamarías? Parece que tiene garras y no huele a nada. Nadie ha visto nada». Pero Andre necesitaría ver si había imágenes de seguridad.

«¿Estás seguro de que no se ha usado un aromatizante?», preguntó Owen amablemente.

«Sé a qué huelen los aromatizantes. Todo el mundo sabe a qué huelen. ¿Por qué sigues preguntando eso?». Llevaba treinta y tres años con su nariz en su rostro. Sabía cómo olían las cosas.

«¿Sigues preguntando? Sólo pregunté eso una vez». Había una sonrisa en la voz de Owen. Tal vez por eso eran amigos. No se enojó cuando Andre arremetió.

«Em preguntó lo mismo. No es aromatizante. No es nada. Es un vacío de olor. No sé si lo hizo el fantasma o si hay algún tipo de hechizo mágico que podría borrar un olor. Estoy trabajando en la oscuridad aquí». No sabía qué tipo de magia existía. Claramente había algún tipo que podía convertir a las personas en lobos. Pero más allá de eso, era un misterio.

Owen dejó escapar un silbido. «¿Crees que nos convertimos en fantasmas cuando morimos?», reflexionó.

Ahora no era el momento para bromas. «¿Estás sugiriendo que está siendo *cazada* por un hombre lobo?».

«Tú eres el que dijo fantasma de hombre lobo». Por supuesto, Owen tuvo que señalarlo.

De hecho, lo había dicho, pero Andre estaba bastante seguro de que no se trataba de un fantasma *real*, si tal cosa existiera. «Coméntalo con los demás», le pidió. «Tal vez saquemos algunas ideas de ellos».

Owen dejó de hacer bromas. «Lo haré. ¿Necesitas refuerzos? Rowe está ansioso por salir y ayudarte».

Andre no gruñó, y estaba orgulloso de eso. Pero estuvo callado por más tiempo del que debería haber estado. Y Owen definitivamente se dio cuenta.

«Estoy bien», dijo finalmente Andre.

«¿Algo más que quieras decirme?», Owen insistió,

y Andre pudo escuchar la molesta sonrisa en su rostro. Cabrón.

«No», y la 'O' saltó cuando lo dijo. Haciendo énfasis suficiente en que esa línea de interrogatorio estaba cerrada.

«¿Estás seguro?», Owen solo tenía que darle un empujón, un ligero empujón, tan sólo un empujón.

Andre podía decir muchas cosas, cada una más incriminatoria que la anterior. Entonces, en lugar de eso, se quitó el teléfono de la oreja y presionó el botón para colgar con más fuerza de la necesaria. Afortunadamente, no era lo suficientemente fuerte como para romper su propia pantalla. Eso hubiera sido incómodo.

Y aunque la conexión entre ellos se había roto, estaba casi seguro de que podía escuchar la risa de Owen. Sí, Owen sospechaba que algo estaba pasando. Y eventualmente comenzaría a cuestionar las cosas.

Pero Andre no iba a permitir que pasara nada. No entre él y Em, y especialmente no dejar que ningún peligro la afectara. Significaba que tenía que permanecer cerca de ella. Pero era un profesional. No sería un problema.

Su teléfono sonó con un mensaje de texto entrante. «Revisaré lo del malvado hombre lobo fantasma. Recuerda usar protección».

Y luego otro texto. «Condones. Me refiero a condones. No sé qué protección necesitas contra un malvado fantasma de hombre lobo».

«Vete a la mierda, amigo». Andre silenció su teléfono y lo metió en su bolsillo antes de que pudiera enviar algún tipo de respuesta.

Sí, no estaba ocultando sus sentimientos en absoluto. Y no podía imaginar cuál sería la opinión de Stasia sobre todo esto.

Pero Em podía manejar a su hermana. Y con ese pensamiento en mente, se dirigió de nuevo a los costados del escenario para ver el final de su prueba de sonido.

Este era el tipo de tentación a la que se permitiría ceder. Con suerte, podría alejar sus peores deseos.

12

La prueba de sonido salió como se suponía y, por primera vez en todo el día, Em estaba realmente lista para el espectáculo de esa noche. Dejó que los pensamientos de hombres lobo fantasmas y hombres lobo sexys vivos se le escaparan de la cabeza mientras se concentraba en su propia música.

Ella agradeció a su banda como lo hacía después de cada actuación, y su guitarrista Jerry tenía algunas preguntas antes de que finalmente pudiera marcharse. Se sintió atraída por Andre como un imán, pero fue Vi, la misma miembro del equipo que había visto ese mismo día, quien llamó su atención.

La mujer de cabello púrpura jugueteaba con uno de los altavoces, con una mirada de intensa concentración y frustración en su rostro.

«Por el fantasma de Hécate, te derrotaré», murmuraba Vi a la máquina mientras golpeaba un costado y luego sacudía la mano como si hubiera recibido una descarga eléctrica.

¿Qué era esa expresión? «¿Está todo bien?», preguntó Em. Melinda estaba segura de saber todo lo que estaba saliendo mal, pero a Em le gustaba hacer un seguimiento de lo que podía ocurrir. Era mejor saberlo que ser sorprendida más tarde.

Vi volvió a golpear el lateral del altavoz y arrojó su herramienta al suelo. «Estaba zumbando un poco. Si no puedo arreglarlo, haré que uno de los técnicos venga y eche un vistazo. Debería estar todo bien para el espectáculo».

Eso era bastante normal. Casi le preguntó a Vi qué había dicho antes, pero se dio cuenta de que no era asunto suyo. La gente decía cosas raras todo el tiempo y no era como si fuera algo ofensivo.

Em tenía un horario que cumplir. El concierto estaba cada vez más cerca, y pronto los fanáticos estarían haciendo fila alrededor del edificio. Sin duda, su acto de apertura necesitaba ubicarse, y era su trabajo mantenerse fuera del camino en este punto.

Probablemente sería un buen uso de su tiempo localizar a Darlene y asegurarse de que Andre estuviera en la lista en la que necesitaba estar. Con eso en mente, se alejó de Vi, pero se detuvo cuando vio algo extraño moviéndose en las sombras del escenario.

Al principio pensó que era Jerry o uno de sus otros compañeros de banda. Pero Kristin y Floyd todavía estaban en el escenario y quienquiera que se estuviera moviendo, o lo que fuera, era demasiado pequeño para ser Jerry. Podría haber sido un miembro del equipo. Pero nunca había visto a uno moverse así.

Y por un segundo, Em se olvidó de todos los peligros que la perseguían y caminó hacia la sombra como una chica estúpida en una película de terror.

La mano de Vi en su hombro la detuvo. «¿Qué es?», le preguntó la mujer de su equipo. Sonaba completamente diferente de lo que había hecho hace un momento, toda seria, como si no fuera sólo una sombra extraña.

El corazón de Em comenzó a latir con fuerza y deseó que Andre estuviera a su lado. ¿Donde estaba él? ¿Era eso lo que había destruido sus cosas? ¿O se estaba volviendo loca por nada?

La sombra se movió y, de repente, Em estuvo segura de que era algo más que una sombra. Distinguió cuatro patas y un cuerpo encogido mientras corría hacia ella. Quedó congelada en el lugar, incapaz de apartarse del camino y segura de que estaba a punto de morir.

Y luego Andre apareció, pasando junto a ella, dirigiéndose directamente hacia la bestia como si correr hacia el peligro no significara nada.

Em quería perseguirlo. Esa bestia de las sombras daba miedo, era algo salido de una pesadilla. Estaba segura de que tenía dientes tan grandes como su brazo y probablemente poderes incalculables. Sabía que no era nada natural.

El peligro era real y Andre se dirigía directamente hacia él.

«¿Qué fue eso?», preguntó Vi. Estaba de pie un paso por delante de Em, lo cual era extraño, porque había estado detrás de ella un momento antes de que Em viera a la bestia.

¿Se había movido Vi para ver más de cerca? ¿O se había puesto a propósito delante de Em?

¿Y qué estaba haciendo ella aquí? No era su trabajo reparar los altavoces.

Vi la miró a los ojos, y el azul brillante de los ojos del personal de su equipo pareció cambiar a algo más profundo, algo casi púrpura por un momento.

«¿Qué fue esa cosa?», Vi repitió con insistencia.

Em parpadeó con fuerza y sacudió la cabeza. Claramente, estaba más fuera de sí de lo que pensaba si se pusiera a interrogar a cada persona del equipo. No sabía cuáles eran las responsabilidades de Vi. Probablemente no estaba haciendo nada raro. Y Em definitivamente *no* quería explicarle sobre los hombres lobo. «Probablemente sólo un gato o algo así. Tal vez un perro callejero. Estoy segura de que todo está bien».

Se esforzó por escuchar cualquier indicio de la presencia de Andre, pero dondequiera que él había corrido, estaba muy lejos.

Tenía que estar bien. Él había venido a protegerla, y ella no sabía cómo se las arreglaría si fuera su culpa que él resultara herido.

13

Andre corrió tras la bestia como si el destino del mundo dependiera de ello. Esquivó los equipos y saltó sobre un banco mientras el monstruo giraba por un pasillo y se adentraba más en la oscuridad.

Andre no sabía si lo estaba llevando a alguna parte o si la bestia se movía por instinto. Sólo se le ocurrió una vez que estuvo lejos de Em y del resto de los humanos que podría haber una manada de estas cosas esperándolo en alguna parte.

No importaba. Mientras no estuvieran cerca de Em. Tal vez era arrogante, pero Andre estaba dispuesto a poner a prueba sus habilidades contra un grupo de estas cosas en cualquier momento.

En la oscuridad, era difícil distinguir a la bestia. Parecía una especie de lobo cubierto de pelaje negro que parecía desprenderse de la oscuridad. Pero la tenue luz del pasillo no era completamente negra y Andre podía verla moverse en las sombras.

¿Cómo nadie se había dado cuenta? Era un lobo de tamaño completo. Incluso un perro callejero debería haber llamado la atención. Pero había llegado hasta el escenario sin que nadie dijera una palabra.

¿Magia? ¿O una falta de seguridad?

El gruñido del lobo reverberó por el pasillo, y Andre vio que lo tenía acorralado. Había un conjunto de puertas cerradas contra las que el lobo cargó, pero se congeló antes de chocar contra el pesado acero. Las puertas permanecieron obstinadamente cerradas. No sabía adónde lo llevaban, pero al menos el lobo no podía ir más lejos.

Andre quería cambiar a su otra forma. Si hacía eso, entonces podría tener una mejor oportunidad de herir al lobo. Como hombre, no tenía dientes afilados ni garras para luchar contra la bestia. Pero le llevaría tiempo cambiar, tiempo que no tenía. Y no era como si nunca hubiera luchado contra un lobo en su forma humana.

Era un juego que a él y al resto de sus compañeros de manada les gustaba jugar de vez en cuando. Y era un juego en el que Andre era bastante bueno.

«Tranquilo, cachorro», dijo en el mismo tipo de tono conciliador que podría haber usado con un perro asustado. Si pudiera detener la pelea antes de que comenzara, sería aún mejor. No sabía por qué este animal estaba atacando a Em. No podía estar seguro de que *fuera* este animal.

Pero a medida que se acercaba, se dio cuenta de que debía serlo. Había estado demasiado preocupado durante la persecución para notarlo, pero, aunque la bestia parecía un lobo y se movía como un lobo, no olía como tal.

No olía a nada.

Ningún ser vivo con el que Andre se hubiera encontrado jamás era así.

Todo tenía un olor. Excepto esta bestia.

El lobo se encabritó y unos ojos amarillos brillaron en la penumbra. Y eso también era extraño. Eran como piedras preciosas incrustadas en su rostro, planas y, sin embargo, casi brillantes. No parecían ojos normales. Había algo extraño en esta bestia.

Y Andre estaba empezando a preguntarse si era siquiera un lobo.

Pero tenía dientes como los de un lobo y se los mostró. El gruñido podría haber asustado a otro hombre. pero Andre volvió a adoptar una postura defensiva y sonrió. Con la forma en que la tensión había apretado su cuerpo durante todo el día, había estado anhelando una pelea. Y este lobo era justo la bestia para dársela.

Tenía que detenerlo antes de que alguien llegara aquí. Y no solo por seguridad. Después de que el camarógrafo tomara una foto de él y Em, seguramente habría rumores, y esta era otra forma en que podía protegerla. ¿Quién sabía qué tipo de rumores se arremolinarían si vieran un lobo detrás del escenario en su concierto? Al menos podría evitar que *eso* sucediera.

El lobo cargó y Andre dejó de pensar en proteger la reputación de Em. No había nada más que la pelea.

Y el lobo sabía cómo hacerlo. Se le echó con esos dientes feroces y lo golpeó con sus garras. Andre se defendió, haciendo todo lo posible para evitar todas las partes afiladas y apuntando al tierno vientre y la garganta del lobo.

No tenía su arma de fuego con él. Eso podría haber hecho todo esto más fácil.

Pero tenía un cuchillo. Y lo había sacado sin pensarlo y lo había usado como si fueran sus propias garras. Pero no importaba cuán hábilmente lo manejara y cuán seguro estuviera de haber golpeado al lobo, no goteaba sangre de su pelaje.

Andre deseaba poder decir lo mismo. Un áspero golpe de garras lo golpeó en el hombro, y los dientes del lobo habían raspado sus jeans y se le clavaron en la carne de su muslo.

Pronto le dolería. Y el lobo no mostraba signos de flaqueza.

El lobo gruñó de nuevo y chasqueó los dientes, y esta vez, Andre dejó escapar un gruñido amenazador.

El lobo se congeló. Sus miradas se encontraron, y Andre trató de ver algún tipo de inteligencia, alguna conciencia en el lobo. No luchaba como un animal salvaje.

Estaba empezando a pensar que no era nada por el estilo.

Otro gruñido de Andre retumbó, y el lobo retrocedió. Avanzó hacia él, con el cuchillo a su lado y listo para tratar de infligir tanto daño como pudiera.

El lobo comenzó a avanzar y Andre lo esquivó a un lado para evitar su carga, pero calculó mal la distancia y se estrelló contra la pared.

Las luces se encendieron en lo alto y se dio cuenta de que debía haber pulsado el interruptor de la luz. Se estremeció por el brillo repentino y se dio la vuelta, listo para enfrentarse al lobo de nuevo.

Pero todo lo que vio fue una voluta de humo negro que se disolvió rápidamente.

No había lobo.

Y la puerta detrás de donde había estado permanecía cerrada.

Andre la probó y efectivamente estaba cerrada. El lobo no había salido por ahí.

Y estaba empezando a pensar que podría haberse disuelto en una bocanada de humo.

Pero había sido bastante real. La sangre que goteaba por su pierna y empapaba su camisa era una prueba.

Había sido un lobo que podía convertirse en sombra. Necesitaba encontrar a Em. No sabía qué podía hacerle a ella, pero necesitaba saberlo. Esta era más información, y necesitaban elaborar una estrategia.

Una cosa era segura, él no la dejaría abandonada en la oscuridad.

14

Em finalmente se cansó de esperar y fue a buscar a Andre. No estaba ansiosa por encontrar al lobo de las sombras o lo que fuera, pero mientras Andre estuviera allí, sabía que estaría a salvo. Y no sabía qué haría si algo le pasaba por su culpa.

Él era su guardaespaldas. Le gustara o no. Pero eso no significaba que deseara que le pasara algo malo.

Todo lo contrario.

No tuvo que ir muy lejos antes de encontrarlo tambaleándose por el pasillo, con una mano cubierta de sangre donde se agarraba el hombro.

Ella corrió hacia él. «Oh, Dios mío, ¿estás bien?». Qué estúpida. Estaba sangrando. Por supuesto que no estaba bien.

Andre hizo una mueca tensa. Sin pensarlo dos veces, Em se acercó y se colocó debajo de su brazo ileso, llevándolo de regreso a su vestidor. Si ese fotógrafo hubiera aparecido ahora, habría obtenido una gran foto. Pero alguien tenía que estar sonriendo a Em, ya que el pasillo estaba extrañamente desierto.

Se metieron en su vestidor y lo acomodó suavemente en su sofá. La tela era oscura, pero no estaba particularmente preocupada por dejar manchas en este momento. Había un pequeño botiquín de primeros auxilios debajo de su tocador y lo agarró, lo abrió y buscó suministros.

«No necesitas hacer eso», gritó Andre por encima del hombro. Todavía estaba sentado, y había un borde áspero en su voz que provenía del dolor de lo que sea que hubiera sucedido. «Curará pronto. Yo me curo rápido».

Aún así, Em se dio la vuelta con una botella de solución salina y algunas vendas de gasa. «¿Entonces sabes qué tan rápido te curas cuando un hombre lobo fantasma te ataca?», lo desafió con más vigor del que sentía. Le temblaban las manos y el temblor amenazaba con recorrer todo su cuerpo. Esto era *real*. No era sólo algo de ropa o sábanas de cama destrozadas. Era piel desgarrada. Andre lastimado. Y Em estaba al borde de enloquecer.

Andre le dedicó una sonrisa de dolor. «Está bien, esto es nuevo. Pero está sanando». Y luego se quitó la camisa para mostrársela.

La boca de Em se secó. Había visto muchos hombres sin camisa antes. Era casi un requisito de su trabajo. Pero Andre era una fuerza en sí mismo. Incluso con un hilo de sangre que le recordaba lo que acababa de pasar, todavía quería sentir los duros planos de su pecho contra sus manos.

Y su lengua.

Pero ella no iba a hacer eso. Porque ahora, él necesitaba ayuda.

«¿Él lobo te comió la lengua?», Andre preguntó.

Oh, ella quería abofetearlo. Era completamente juvenil. ¿Por qué se sentía un poco como una niña pequeña a la que molestan en el patio de recreo? Pero entonces Andre se movió en su asiento e hizo una mueca. Y los pensamientos de bofetadas y burlas huyeron.

Se arrodilló en el sofá a su lado y empapó uno de los vendajes en solución salina, usándolo para limpiar parte de la sangre de la herida. Era desagradable, pero tenía razón. En este punto, no parecía algo que le hubiera hecho un animal salvaje. Parecía el tipo de rasguño que podría obtener al engancharse accidentalmente con un clavo o algún otro tipo de lesión fácil de explicar.

Puso su mano sobre la de ella y le impidió continuar. «Estoy bien, lo prometo». Sus ojos se encontraron de nuevo, y ella pudo sentir su peso. Si no estaba bien, era un gran mentiroso. Pero ella no pensó que él mentiría sobre esto. Él estaba aquí para mantenerla a salvo.

«¿Lo mataste?», ella preguntó. ¿A qué había

llegado su vida donde esa era una pregunta que tenía que hacer?

Su expresión era sombría mientras negaba con la cabeza. «Desapareció».

No sabía a qué se refería con eso, pero estaba más preocupada por la curación de sus heridas. «No antes de lastimarte de esta manera tan desagradable».

«Lamentablemente no».

«¿Cómo desapareció? ¿Dónde? ¿Huyo hacia el exterior?». Esperaba que no hubiera un hombre lobo fantasma atormentando a sus fans, pero alguien probablemente habría dicho algo a estas alturas.

«Quiero decir que *desapareció*», repitió, enfatizando la palabra. «Un minuto estábamos peleando y al siguiente era como humo. Simplemente se fue».

«Como magia». No era una pregunta. Ella podía aceptar hombres lobo. Incluso los hombres lobo creados por magia. Pero la magia en sí misma todavía era difícil de entender.

«Sí». Se movió de nuevo, y sus ojos se arrugaron mientras pensaba. «Me estrellé contra la pared y por accidente pulsé el interruptor de la luz», dijo. «Fue entonces cuando desapareció. Estaba bastante oscuro antes de eso».

«¿Entonces crees que le tiene miedo a la luz? ¿O tal vez hay algún tipo de... cosa mágica... que significa que no puede atacar en la luz?». Este no era el tipo de lógica que estaba acostumbrada a usar, pero necesitaban una ventaja sobre la cosa.

Andre no se apresuró a aceptar. «Yo no pondría nuestras expectativas allí. No queremos llegar a esa conclusión y que nos muerda el trasero. Pero *animaría* a todos a mantener las luces encendidas».

Ahora no era el momento de explicar cómo funcionarían las luces para el concierto. Tal vez Em estaba siendo muy ingenua, pero si había algo que controlaba a este hombre lobo fantasma, tenía que asumir que no la atacaría durante el concierto.

Las personas que usan magia probablemente no querían que la magia fuera ampliamente conocida si no se hubieran revelado a estas alturas. Y que un hombre lobo fantasma la atacara en medio de un concierto sería una forma de anunciar la magia al mundo.

«Sí, sigo pensando que deberías cancelar el concierto», respondió Andre a la pregunta no formulada.

Por alguna razón, eso hizo que Em soltara una pequeña carcajada. «Y sigo sin hacerlo. Realmente no creo que me ataque frente a tanta gente».

«Recuerda que te atacó frente a todo el personal», señaló.

«No, no fue así», respondió ella. «Estaba olfateando el equipo. Lo perseguiste. No sabemos si me iba a atacar».

«Estás jugando con tu vida». Su mirada era casi lo suficientemente intensa como para hacerla retroceder.

Casi. «Entonces, protégeme. Estás haciendo un buen trabajo hasta ahora».

Andre gimió, y ella se esforzó mucho por no imaginar qué tipo de sonidos guturales haría si estuvieran juntos en la cama.

Llamaron a su puerta, pero antes de que Em pudiera decir algo, Darlene estaba abriendo.

«Ya no hay señales de ese fotógrafo», dijo. Luego sus ojos viajaron hacia Andre, quien se estaba volviendo a poner la camisa. Darlene los miró a los dos durante varios momentos, pero no preguntó qué había estado haciendo Em con un hombre sin camisa en su vestidor.

Darlene podría sacar sus propias conclusiones.

«Andre se quedará con nosotros por un tiempo», le informó Em, ignorando las implicaciones de sus posiciones. Ella era una mujer adulta. Podía tener tantos hombres sin camisa en su camerino como quisiera. «¿Puedes conseguirle una habitación de hotel para esta noche?».

Darlene hizo una mueca y sacudió la cabeza. «No se puede. El hotel está lleno. Tendrá que dormir con uno de los otros miembros de seguridad».

Em no necesitaba ver la cara de Andre para saber que no podría. «Mi suite es lo suficientemente grande para los dos. Él puede dormir en el sofá o podemos conseguir una cama adicional. Ya encontraremos algo». No quería admitir que pensar en Andre cerca la hacía sentir mejor. Podría protegerla de los monstruos si estuviera a una distancia de gritos.

Darlene parecía estar reprimiendo una sonrisa, como si supusiera que Em sólo estaba manteniendo las apariencias. Pero Em no era una doncella ruborizada y no le importaba si la gente pensaba que ella y Andre estaban follando. «¿Me necesitabas para algo más?».

«Ya es hora del concierto. Tienes que empezar a prepararte».

«¿Puedes mostrarle a Andre las cuerdas tras bastidores mientras me preparo?», ella preguntó. Parecía que él estaba bien solo, pero Em no mencionó eso.

Darlene asintió.

Em finalmente volvió a mirar a Andre. Había una rasgadura en su camisa donde el hombre lobo fantasma había atacado, pero no era tan mala, y la piel debajo parecía estar casi curada, tal vez un poco roja. Él le dedicó una sonrisa tensa y un asentimiento. No podían decir la verdad frente a Darlene, pero ella sabía lo que Andre estaría buscando.

«Que tengas un buen espectáculo», le dijo, aunque quería que lo cancelara. «Te prometo que te mantendré a salvo».

Y lo más loco de todo fue que ella le creyó.

15

A pesar de sus impresiones iniciales, Andre tuvo que admitir que Darlene y su equipo tenían una configuración de seguridad decente. Lejos de ser perfecto, pero en circunstancias normales eso cumpliría con el trabajo.

Y él estaba aquí para asegurarse de que eventualmente pudieran volver a las circunstancias normales.

Darlene estaba enfadada como el demonio porque el fotógrafo había vuelto a las habitaciones del hotel, pero ya había identificado cómo había sucedido (había pagado a un empleado del hotel) y estaba trabajando para remediar la situación. Ella actuó rápidamente, y él tuvo la sensación de que incluso podría ser útil contra el hombre lobo fantasma. Tenía una buena cabeza sobre sus hombros y parecía muy adaptable.

No es que fuera a decir una palabra sobre el hombre lobo fantasma. Todavía apenas podía pensar en el término sin poner los ojos en blanco. Pero él mismo había visto a la bestia. Sombras y garras y ojos brillantes.

De alguna manera era una amenaza para Em. Y no iba a dejar que se acercara más.

«¿Ella dijo que eras un investigador privado?», Darlene preguntó con un aire practicado de indiferencia.

Estaba indagando No todos los días un extraño como él aparecía de la nada y se sentaba sin camisa en el vestidor de su jefa.

O tal vez se estaba engañando a sí mismo. Tal vez Em tenía hombres entrando y saliendo de su vestidor, y otras áreas, todo el tiempo.

Su lobo se erizó bajo su piel. Oh ahora, no le gustaba el sonido de eso. Em estaba... él no iba por ese camino. No podía ignorar la atracción ardiente entre ellos, pero no podía llegar a nada.

Y ciertamente no se permitiría comenzar a tener pensamientos que sólo lo conducirían a una agonía emocional.

«Necesitaba un nuevo trabajo después de salir del servicio». No iba a mentirle directamente a Darlene si podía evitarlo. Las mentiras tenían una forma de sumar, pero él le seguiría el juego a la historia que Em le había contado.

«¿Cuánto tiempo has estado en el negocio?».

Un par de años. Era cuánto tiempo había sido guardaespaldas... y hombre lobo. Pero eso estaba cerca de una investigación privada, ¿verdad? Se sentía así. Pero probablemente se estaba engañando a sí mismo.

Darlene lo aceptó. «Entonces, ¿qué crees que está pasando? Han sucedido algunas cosas extrañas que no puedo entender».

«Estoy tratando de averiguarlo». Y él no tenía idea. «¿Qué clase de cosas extrañas?», Em solo le había contado sobre la ropa rota y los malos sueños. En lo que a ella respectaba, las cosas eran por lo demás normales.

Pero Darlene estaba sacudiendo la cabeza. «Estoy segura de que es sólo mi imaginación. Algunos lugares me dan escalofríos. Como si alguien me estuviera mirando en la oscuridad. Listo para atacar. Pero creo que eso es sólo por ver demasiadas películas de terror».

O había una bestia acechando en las sombras. Pero Andre no dijo eso en voz alta. No había necesidad de hablar de eso todavía. Si tuviera que decírselo, lo haría. Sólo esperaba no tener que hacerlo.

«¿Está bien si deambulo tras bastidores mientras se lleva a cabo el concierto? Quiero tener una idea de lo que sucede». Y quería ver si el monstruo volvía a aparecer. Era audaz y probablemente se volvería más audaz.

«Mientras te mantengas fuera del camino de los demás. Y toma esto...», dijo, entregándole un cordón con un gafete de plástico. «Póntelo. Les hará saber a todos que se supone que debes estar aquí».

Andre se puso el gafete y no le recordó que había vigilado detrás del escenario durante horas sin ningún tipo de identificación.

«Hay un lugar entre bastidores donde puedes ver el espectáculo», le dijo. «Sólo asegúrate de no poder ver a la audiencia y permitir el paso cuando sea necesario».

Él asintió y se fue. Era tentador ir a ver el programa. Nunca antes había estado en el backstage de un concierto. Pero tenía la sensación de que Em tenía razón y que la bestia no la atacaría mientras estuviera en el escenario. Al menos no todavía. Parecía estar escalando, pero eso era unos pasos más alto en cualquier juego de escalada. Probablemente primero intentaría llegar a ella de alguna otra manera.

Andre no lo permitiría.

Se dirigió hacia los camerinos pensando que la bestia se había dirigido hacia Em la noche anterior, así que ¿por qué no intentarlo de nuevo? Encontró a Vi de pie frente a la puerta del vestidor de Em, agitando las manos frente a ella.

¿Estaba sosteniendo una linterna? Algo parecía estar brillando, pero no podía ver qué era. Dio un paso más cerca, pero antes de que pudiera confrontarla, tres de los coristas de Em corrieron por el pasillo, probablemente para cambiarse de vestuario. Y aunque no había tiempo para que ella se escapara, Vi ya no estaba allí.

Eso había sido extraño. Y a Andre no le gustaba lo que era extraño.

Se acercó a la puerta y la abrió, asomando la cabeza para ver si Vi se escondía allí. Pero no había nadie en la habitación. Podía oler el aroma de Em y el suyo propio junto con un toque del de Darlene de antes. Había otros olores también, unos que no reconoció del todo. Probablemente de su gente de maquillaje o de vestuario. Pero no estaba la falta del olor que procedía del hombre lobo fantasma... la bestia de las sombras. Sí, eso era mejor. Ningún olor de la bestia de las sombras.

Y no creía haber captado el olor de Vi, aunque sólo recordaba que había una nota extraña en su olor. No podía recordar exactamente a qué olía ella.

Y eso era extraño en sí mismo. No tenía dificultad para memorizar los olores de las personas, era casi lo mismo que memorizar rostros. Pero Vi se notaba confusa en su mente. Y no podía recordar haber conocido a nadie más así.

Él lo tendría en cuenta. Tal vez Vi necesitaba ser interrogada. Después de todo, había estado en esta gira por un tiempo y, como mínimo, probablemente había visto algunas de las cosas raras que Darlene había mencionado.

Deambuló entre bastidores un poco más, pero finalmente terminó al costado de los bastidores, justo cuando Em comenzaba uno de sus éxitos más famosos y la multitud se volvía loca.

Se estremeció lejos del fuerte ruido. Tal vez un concierto de rock no era el mejor lugar para un hombre lobo. Pero como estaba en el escenario, estaba detrás de los enormes altavoces que proyectaban su sonido a los miles de personas en la audiencia, y eso significaba que no era tan fuerte como hubiera sido de otra manera.

Dolía. Pero una vez que Em comenzó a cantar, el dolor se desvaneció mientras la observaba a todo pulmón.

Él había pensado que la actuación durante la prueba de sonido era todo lo que ella tenía para dar. Pero él no se había dado cuenta de lo mucho que ella se estaba conteniendo. Nunca antes había visto este lado de Em. Había indicios de ello. Y ella siempre tenía esa cualidad irresistible.

Ella lo hacía desear cosas. Más que una simple liberación entre las sábanas. Ella le hacía desear lo que había visto sólo una vez antes, lo que había pensado que nunca podría existir.

Una pareja.

¿Sería el destino? ¿Las hormonas? ¿Era algo cuantificable?

No sabía si le importaba. Su lobo quería subir al escenario y reclamar a Em frente a todas estas personas para que supieran exactamente de quién era la marca que llevaba.

Pero no llevaba ninguna marca. Y ella no era suya. Y Andre tuvo que alejarse del escenario cuando la canción llegó a su fin. Un asistente le lanzó una mirada penetrante y se dio cuenta de que era casi visible para la multitud.

Se ocultó entre las sombras y luego se retiró más atrás en el escenario para seguir buscando a la bestia de las sombras.

Estaba aquí por una razón y tenía que recordarlo. Em no era suya. Pero él iba a mantenerla a salvo.

16

La energía latía a través de Em y ella prácticamente saltó de vuelta a su habitación del hotel. La audiencia estaba muy nerviosa y su exageración solo la hizo sentir aún más energizada. Era así después de un buen concierto. Actuar siempre la hacía sentir bien, incluso cuando estaba pasando por una enfermedad o un desamor.

Pero noches como esta eran para lo que estaba hecho el trabajo. El público la llevaba a una emoción total, y ella les entregaba cada parte de ella.

No hubo amenazas cuando se paró en ese escenario. No había fotógrafos merodeando por las esquinas tratando de sacar fotos por dinero. Era sólo ella, sus fans y la música.

Quería bailar. Quería volver corriendo a ese escenario y cantar durante una hora más.

Una risa estridente quedó atrapada en la parte

posterior de su garganta, y se posó al borde de la manía. Había sido una buena noche.

Pero después de un pequeño encuentro donde se tomó fotos y firmó autógrafos, regresó a su habitación de hotel. Otra estrella de rock podría haber salido de fiesta y bebido hasta el amanecer. Pero sin importar cuánta energía tuviera en este momento, Em sabía que lo lamentaría por la mañana.

Pero casi valía la pena.

Abrió la puerta de su suite, mientras cantaba una canción que se le había quedado en la cabeza. Era una que había cantado en su acto de apertura, y cada vez que la escuchaba, se quedaba con ella toda la noche.

Tal vez haría un *cover* con ella. O tal vez podría hacer un dúo. Probablemente debería tomar nota de eso. Estaba bastante segura de que había tenido este pensamiento antes. Y no estaba segura de cuánto tiempo más ese acto de apertura sería parte de su gira. A veces cambiaban después de algunas semanas.

«Pareces alegre». Andre se sentó en el sofá de su suite y colocó su teléfono en la mesa auxiliar.

Em casi saltó de su piel. La emoción del concierto había borrado la amenaza del hombre lobo fantasma, y casi había olvidado que Andre la estaría esperando en su habitación.

Y maldita sea, se veía bien. El calor líquido se deslizó por sus venas y se asentó profundamente en su interior. Tal vez ella no saldría a pasar la noche en la ciudad. Pero Andre estaba justo aquí. Y él estaba tan excitante como el que más.

«Fue un buen concierto». No podía quitar la sonrisa de su rostro. Esto era por lo que ella vivía. La primera vez que cantó una melodía frente a una multitud, supo que era lo que quería hacer para siempre. Había costado un poco de trabajo convencer al mundo de que ese era el lugar al que pertenecía, pero ahora lo sabían. Ahora ella estaba en la cima. Y ella no iba a ser derrocada.

Pero definitivamente podría estar convencida de estar debajo de alguien en este momento.

Alguien específico.

«Fue un buen espectáculo», dijo él. No se molestó en levantarse del sofá.

Su cerebro se estremeció con curiosidad y deseo de alabanza. «¿Lo viste?». No sabía por qué estaba tan emocionada. Sabía que había sido un éxito. Pero la idea de que a Andre le gustara... bueno. Quería que él lo admitiera.

Andre la miró durante varios segundos, y su mirada era pesada. «Solo observé un poco. Las orejas de hombre lobo no encajan exactamente con los altavoces. Pero lo que vi lo disfruté».

«Podemos conseguirte tapones para los oídos. Eso podría ser mejor». Ella tenía los suyos que ayudaban a amortiguar el sonido de la multitud, el escenario y los altavoces, además de permitir que los técnicos de sonido le dieran indicaciones y la mantuvieran concentrada. Pero unos simples tapones para los oídos probablemente serían de ayuda para Andre. Sabía que muchos miembros del equipo de escena los usaban. Y le gustaba la idea de que el hombre lobo pudiera escucharla.

«Tal vez consiga unos», estuvo de acuerdo. «Me gustaría verte un poco más».

Sus mejillas se calentaron con un emocionado rubor. Estaba bastante segura de que le gustaría que él la observara. «Sólo pídelos a Melinda. Ella puede hacer cualquier cosa».

El asintió. Y seguía sentado en ese sofá.

¿Por qué no se acercaba a ella? ¿Por qué no la estaba besando? Necesitaba estar haciendo ambas cosas ahora mismo. Su cama estaba allí atrás, y era grande, suave y perfecta. Y ella lo necesitaba con ella.

Ella lo necesitaba *en* ella.

Así que ella iba a echar andar esta cosa. Estaba cubierta en sudor, pero pensó que a Andre no le importaría. Se quitó la blusa y la tiró a un lado.

Andre se enderezó. «¿Qué estás haciendo?», preguntó. Había un borde en sus palabras, una insinuación salvaje del lobo que vivía dentro de él.

A ella le gustaba ese lobo. Quería ver salir un pedacito de su animal. Ella lo quería sin restricciones.

Se acercó a él, canalizando a su depredador, y se sentó a horcajadas sobre sus piernas, con las rodillas en el sofá y las manos en el respaldo, atrapándolo en su lugar.

«Em...». ¿Era una advertencia, o estaba rogando por más?

«Los conciertos siempre me entusiasman», dijo, inclinándose hacia su cuello y respirando profundamente. Los lobos se preocupaban mucho por el olor. Y podía olerlo, pero no tanto como estaba segura de que él podía olerla a ella. No entendía por qué estaban obsesionados con eso. No cuando había tantas otras cosas de las que preocuparse. Le raspó el cuello con los dientes y Andre se estremeció.

Sus manos aterrizaron en sus caderas, pero no la apartó. Él tampoco la acercó más.

Em tuvo que cambiar eso. Ella lamió una franja de piel y pudo saborear su pulso debajo de la lengua.

«Em...». Era un gemido, una súplica.

Y ahora era su turno de temblar. A ella le gustaba cómo sonaba eso. Ella besó su mandíbula y encontró sus labios.

Él no respondió por un momento y luego se rindió, una de sus manos subió y acunó su cabeza mientras la sostenía cerca de él y sus lenguas se enredaron.

Sí. Esto era lo que ella necesitaba. Él besaba como si hubiera sido bendecido por algún dios de la lujuria, y ella quería saber todas las cosas malvadas que podía hacer con su lengua. Él no tuvo piedad. No importaba que fuera ella la que estaba sentada encima de él, no se hacía ilusiones. Él estaba al mando.

Y lo demostró un momento después cuando se

retiró con un grito ahogado. «¿Estás borracha?», preguntó él con un noto de nerviosismo.

«¿Has probado algo de alcohol?». Alguien siempre tenía una botella de algo detrás del escenario, pero Em no había bebido nada esta noche. «¿Crees que solo te querría si estuviera borracha?». Ella se arqueó contra él, sintiendo la dura presión de su polla debajo de sus jeans.

Andre la empujó un poco hacia atrás. «Por lo general, no te gusto tanto», dijo.

«¿Qué tiene que ver el gusto con esto?».

Él la miró por varios momentos y ella pudo leer el desafío, pero no sabía cómo quería que reaccionara.

Finalmente, colocó ambas manos en sus caderas y la apartó de él hasta que la tuvo sentada a su lado en el sofá. «Dime si planeas salir esta noche. No deberías ir a ningún lado sola».

Y luego se dirigió al baño más pequeño de la suite y cerró la puerta detrás de él. Aparentemente no le importaba si ella quedaba sola en la habitación.

Y Em se hundió de nuevo en los cojines. Él no la deseaba. No importaba lo que ella pensaba que veía. No importó cómo le devolvió el beso. Tenía que meterse eso en la cabeza.

El rechazo apestaba.

17

EL deseo era una droga y Andre necesitaba escapar de la tentación. Cuando el pomo de la puerta se cerró al entrar al baño, respiró hondo y trató de desterrar el sabor de Em de su boca.

Era imposible. Ella ya estaba impresa en su memoria y no había manera de olvidarla. No es que realmente lo quisiera.

Podía darse la vuelta y llevársela. Ella estaba dispuesta. Ansiosa, incluso. Y su polla estaba más que decidida a verla satisfecha.

Pero algo lo detuvo. La energía que la estaba haciendo volar alto caería hasta hacerla estrellarse en poco tiempo. Y podía que no fuera el alcohol o las drogas lo que la ponía en ese estado alterado, pero él no quería despertarse por la mañana y ver arrepentimiento en sus ojos.

Eso le había pasado antes. No muchas veces. Pero las suficientes como para salir huyendo.

Y tal vez eso no era lo único que lo hacía correr. Él estaba aquí para protegerla, no para follar con ella. El sexo podría arruinarlo todo. Y necesitaba agudizar su mente mientras cumplía con su deber.

Ahora, su mente no se sentía aguda. Y sólo una parte de él se encontraba dura. Se frotó la palma de la mano contra la erección que se tensaba bajo sus jeans y tuvo que tragarse un gemido. Em podría estar al otro lado de esa puerta, y él no quería que ella supiera lo que estaba pensando en este momento.

Lo que estaba haciendo ahora mismo.

Una ducha fría. Eso era lo más responsable que podría hacer.

Andre se quitó la ropa y la dejó caer en una pila. Agradeció ver algunas toallas en el estante sobre el inodoro. Con suerte, para cuando saliera de la ducha, Em se habría retirado a su habitación. No había necesidad de más tentaciones.

Porque si ella lo besaba de nuevo, no creía que pudiera contenerse.

Su mano movió automáticamente la ducha hacia el agua caliente, y mientras el vapor del rocío inundaba la habitación, no pudo forzarse a convertirlo en agua fría. Si no podía tener el abrazo de Em, al menos podría tener el abrazo del agua caliente.

Entró en la ducha y sintió que sus músculos

comenzaban a relajarse mientras el agua caliente lo golpeaba.

Pero no todo se relajó. Su polla aún estaba alta y orgullosa y lista para darle a Em todo el placer que sabía dar.

Debería estar pensando en otra cosa. En alguien más. Pero ella había tomado el control de él con un solo toque y era como si nadie más existiera.

Trató de ignorar su polla. La disciplina era una parte necesaria de su vida. Pero a medida que el agua corría por su cuerpo y se burlaba de él, supo que no había otra manera de deshacerse de este problema.

Ella no necesitaba saberlo. No era como si fuera a decírselo. Y ella no podía oírlo por el ruido del agua.

No sabía por qué le estaba tomando tanto tiempo convencerse a sí mismo. No había nada de malo en hacer esto.

Nada malo, excepto por el hecho de que si salía por la puerta podría poseerla.

Andre envolvió su mano alrededor de su polla y se dio una caricia, dejando que el profundo gemido escapara de su garganta sin pensarlo.

Ella estaría más cerca de él, caliente y húmeda y gimiendo de deseo. Si la tuviera en la ducha con él, sus piernas estarían envueltas alrededor de su cintura y su espalda contra la pared mientras él se zambullía en ella y salía y se zambullía y salía. El calor de su cuerpo y el calor de la ducha se derretirían hasta que no quedaran nada más que ellos dos.

Pero una vez que estuvieran en la cama, ella estaría encima de él, a horcajadas, tal como lo había hecho en el sofá.

Pero esta vez no habría ropa entre ellos. Sólo piel caliente y deseo.

Se acarició más fuerte, más rápido, pero su mente no luchó por seguir el ritmo con las imágenes eróticas de Em.

Cuando subía al escenario, se llamaba Mercy. Pero ella no le mostraría nada de eso en el ataque sensual. Y él no quería consideración de su parte. [Nota de la T.: *la traducción de Mercy es misericordia*].

Quería todo lo demás.

La quería sobre él, debajo de él, y a su lado. Quería sus labios y su coño y su culo y su mente y su corazón.

Andre volvió a gemir, pero esta vez no era sólo placer sexual. Estos pensamientos eran peligrosos. No tenía derechos sobre ella. Y no era como si él le gustara a ella.

Una vez que se resolviera el misterio, él se alejaría y, aunque podrían volver a verse de vez en cuando, no habría nada entre ellos más que los recuerdos.

Recuerdos que ni siquiera tenían ahora.

¿Cómo sonaría cuando gritara, con su cuerpo ondeando a su alrededor?

¿Cómo cambiarían sus besos después de haberlos conectado en ese nivel fundamental?

¿Cómo lo miraría si fuera dueño de su corazón?

Andre se corrió en un estallido de placer, cuya evidencia la ducha rápidamente lavó.

Se recargó en la pared opuesta, apoyándose con el brazo contra las baldosas mientras el agua le golpeaba la espalda.

Necesitaba encontrar una manera de dejar de pensar en Em de esa manera. No podía permitirse el lujo de distraerse, no si eso significaba arriesgar su vida.

Pero acariciar su polla no había hecho más que avivar su apetito por ella.

Quería más. Él quería todo.

Y él no podía tenerla. No cuando él era el único que se interponía entre ella y alguna fuerza desconocida decidida a hacerle daño.

Finalmente, la ducha terminó y Andre se secó. Pero esperó varios minutos más hasta que estuvo absolutamente seguro de que Em se había retirado a su habitación antes de salir del baño.

Ninguno de los dos necesitaba más tentaciones por la noche.

Pero al llegar la mañana, no sabía si sería capaz de resistir una segunda vez.

18

El molesto timbre del teléfono celular de Em finalmente la sacó de la cama. Se inclinó sobre la mesa auxiliar con los ojos sin poder ver bien y tocó alrededor hasta que finalmente lo encontró, lo desenganchó del cargador y leyó con ojos legañosos el mensaje que la había obligado a despertarse.

Era de Stasia. «*Oh, Dios mío, lo siento mucho*». Y había un enlace justo después.

Por un segundo, Em dudo si su hermana había sido pirateada. Pero la curiosidad era demasiado grande e hizo clic en el enlace, y una vez que se cargó la página, gimió y se volvió hacia un lado, enterrando la cara en una almohada.

¿Nuevo amor para Mercy?

La rockera fue vista saliendo de su elegante habitación de hotel con un hombre nuevo, de nombre desconocido. Fuentes cercanas a la estrella confirman que él no es miembro de su equipo. Y dada la forma en que se han visto acurrucándose, creemos que podrían estar saltando chispas.

Debajo de ese párrafo, no había nada más que un puñado de fotos que debió haber tomado el fotógrafo el día anterior.

¿Qué tenía que lamentar Stasia? Em consideró llamar y preguntar, pero lo pospuso. Em podría querer hablar con su hermana mayor, y de ninguna manera iba a confesar ese pequeño beso que ella y Andre habían compartido.

O no tan pequeño. Y definitivamente no lo era cuando pensaba en su dura longitud presionada entre ellos.

Rodó hacia el otro lado y se enrolló entre las sábanas. ¿Por qué le había saltado encima anoche? Si tuviera algún tipo de hechizo mágico que pudiera enviarla atrás en el tiempo doce horas, lo usaría.

Pero con un hombre lobo fantasma merodeando por los pasillos, parecía posible que pudiera existir un hechizo como ese.

No.

No iba a usar magia para salir de una situación embarazosa.

Aún no.

No era la cosa más estúpida que había hecho después de un espectáculo. Eso pertenecía a una noche que era mejor no recordar y en la que tuvo suerte de no haber sido arrestada.

Besar a un chico al que se suponía que odiaba, o al menos le desagradaba severamente, apenas rascaba la superficie de sus travesuras.

¿Pero lo odiaba?

No había duda de que Andre la hacía sentir cosas que ella preferiría ignorar. Era como si cada vez que él estaba cerca, se las arreglaba para llegar directamente al corazón de lo que fuera que ella estuviera pensando o sintiendo. Nadie había sido así antes. Especialmente no alguien a quien conocía desde hacía unas semanas y con quien sólo había pasado un puñado de horas.

Porque si ella ignoraba el hecho de que el día anterior ella se había puesto encima de él y lo sedujo sin éxito, él se había comportado bastante decente. Había insistido en cancelar el concierto, lo que obviamente no había hecho. Y había sido crítico sobre las acciones de su personal de seguridad. Y él no había visto la mayor parte de su espectáculo.

Está bien, tal vez no era tan bueno. Pero al menos no la había estado molestando.

Pero saber que él estaba en algún lugar de su suite la mantuvo pegada a su cama. También las sábanas muy suaves y el colchón afelpado.

Pero finalmente Em tenía que enfrentarse a los hechos y al hombre que la estaba esperando.

Aunque probablemente sería muy fácil protegerla si nunca más salía de su habitación.

Eso era imposible. Los autobuses saldrían en un par de horas una vez que todo fuera recogido. Normalmente volaría a la próxima ciudad, pero por alguna razón viajaba con los autobuses ese día. No cuestionó las intenciones del horario, probablemente todo tenía sentido. Al menos le daría más tiempo para hablar con su banda y repasar algunos de los problemas que habían surgido en los últimos conciertos.

Con pensamientos de trabajo en mente, pudo forzarse a salir de la cama y ponerse algo parecido a ropa real. Se las había arreglado para darse una ducha antes de caer rendida, así que al menos no había dormido sucia.

Pero sería bueno darse una ducha ahora mismo y detenerse un poco más.

Lo consideró seriamente, pero si iba a salir del hotel a tiempo, realmente no podía tomarse el tiempo extra para mimarse.

Em salió de su habitación y siguió su olfato hasta donde podía oler una gran cantidad de alimentos para el desayuno que se estaban preparando.

Su suite contaba con una pequeña cocina, pero ella no era muy buena cocinera en los mejores días, y estando en lo más profundo de una gira, subsistía principalmente con comida chatarra y cualquier cosa que Melinda le pusiera cerca de la cara.

Andre estaba trabajando en los dos quemadores de la cocina como si tuviera experiencia trabajando en una cocina profesional. Tenía panqueques, huevos y tocino listos para ella una vez que se sentó en la mesa pequeña.

«¿Jugo de naranja o café?», preguntó él.

Em no iba a cuestionar sus intenciones cuando estaba a punto de recibir un delicioso desayuno. «Ambos, gracias». A veces, un chef privado le preparaba comidas que ella podía calentar, pero no lo habían hecho en esta ciudad. Pero era agradable tener a Andre cocinando para ella allí mismo.

Podría acostumbrarse.

Y luego, de nuevo recordó el rechazo de su beso y supo que no se acostumbraría a esto. Era una linda mañana y ella lo apreciaría mientras lo tuviera. Pero ella no iba a contar con él.

«¿Fue terrible dormir en el sofá?», ella preguntó. El hotel no había podido proporcionar una cama adicional. El sofá se convertía en sofá-cama, pero estaba bastante segura de que en realidad era un dispositivo de tortura medieval.

Andre hizo una mueca y le entregó las bebidas antes de regresar y agarrar su propio plato. «He pasado por cosas peores», dijo.

«Sí, pero ¿no estuviste en el ejército? Estoy bastante segura de que muchas cosas son peores allí».

Se encogió de hombros y se zambulló en su comida.

Él estaba ignorando el beso. No la miraba como si fuera algo más que la mujer a la que estaba protegiendo. Él estaba siendo amable, lo que ella podía apreciar. Pero tal vez solo estaba funcionado en algún tipo de horario opuesto. La mayoría de la gente se ponía de mal humor por la mañana y se volvía más agradable a medida que avanzaba el día. Tal vez él empezaba bien y el mal humor crecía por horas.

Era algo en qué pensar.

Estaba agradecida de que él no estuviera hablando del beso. Por un minuto. Pero ella también estaba enojada. Allí se había arriesgado de verdad. Podrían haber pasado un buen rato. Y definitivamente habría estado dispuesta a sacrificar el desayuno preparado si eso significaba otro tipo de despertar matutino.

Luego le dio un mordisco al tocino y lo reconsideró. Si hubieran podido encontrar una manera de mezclar el sexo y también desayunar, eso era lo que ella hubiera querido.

«Sí sabes cocinar», e incluso ella podía escuchar lo ofensivo que era su tono.

Pero Andre solo se rió entre dientes. «¿Es eso realmente tan sorprendente?».

Era su turno de encogerse de hombros.

No hablaron mucho durante el desayuno, pero no era necesario. Andre revisó algunas cosas en su teléfono y, una vez que ella terminó, retiró los platos.

«Entonces, ¿cuál es el plan para hoy?», preguntó.

Antes de que pudiera responder, hubo un fuerte golpe en la puerta. «Aviso de treinta minutos», dijo la voz de Melinda. Y luego pasó a la puerta de al lado, y Em podía oírla tocar mientras avanzaba por el pasillo.

«El sargento instructor quiere que nos vayamos.

Nos dirigimos a la próxima ciudad». Em masticó más rápido. La comida era buena y no quería dejarla atrás.

«¿En vuelo?», preguntó Andre, y parecía esperanzado.

«No hay avión privado para mí». Su familia tenía uno, pero ella no era *una* gran estrella de rock. Cuando volaba, era en primera clase o chárter. «Vamos a tomar el autobús turístico».

Él solo asintió. «Entonces será mejor que vaya a hablar con Darlene. Espero que no haya un ataque mientras estamos en tránsito».

Y la dejó sola para que se ocupara de empacar sus cosas. Era un acto que había hecho miles de veces, y normalmente estaba sola mientras lo hacía.

Pero, ¿por qué cuando arrojó su ropa en su maleta y guardó cuidadosamente sus zapatos se sintió tan sola?

19

Cuando se trataba de mover de manera eficiente a un gran grupo de personas, el ejército no tenía nada que envidiar a la gira de Em. Fieles a la advertencia de treinta minutos, habían salido en dos grandes autobuses turísticos y un puñado de semirremolques que contenían la mayor parte del escenario de Em.

Él no se había dado cuenta de cuánto estarían llevando de pueblo en pueblo.

Habían planeado unas pocas horas de viaje antes de que se detuvieran para almorzar, y luego un par de horas más antes de llegar a la siguiente ciudad y a su hotel para pasar la noche. Y Andre esperaba que el hotel estuviera completamente reservado como el anterior. No quería una habitación para él solo. Quería estar con Em.

Lamentó no haber dejado que el beso fuera más lejos. Y si ella lo besaba de nuevo, no creía que se contuviera. Un hombre tenía sólo un límite de auto-control.

Pero en este momento, estaba contento de sentarse y observar mientras ella celebraba una reunión con su banda. Jerry, Floyd y Kristin estaban sentados con ella en un sofá y en dos sillas en medio del autobús. Se parecía más a una casa rodante que a un autobús, diseñada para brindar comodidad en un viaje largo.

Si se concentraba, podía distinguir las palabras que decían por encima del ruido de la carretera y el rugido del motor. Pero Andre dejó que se desvaneciera. No sabía mucho sobre interpretación musical y no podía distinguir un acorde de otro, así que cuando Em le dio a Jerry una pequeña reprimenda por perderse una introducción, no estaba seguro de lo que eso significaba y supo que no era su problema.

Si alguna vez había pensado que Em era solo una estrella de rock sobreproducida a la que no le importaba su oficio, ver su reunión hizo que esta suposición desapareciera. Le estaba hablando a su banda como música, no como una celebridad. Y cuando terminaron de hablar sobre sus actuaciones, pasaron a tocar canciones que él reconoció de la radio pero que sabía que no eran de Em.

Con ella a salvo en el autobús, dejó que sus pensamientos regresaran a la bestia de las sombras. No sabía si volvería a atacar ahora que se habían marchado. Era posible que algún fan enloquecido se la hubiera enviado rugiendo. Y aunque Darlene y Vi habían dicho que sucedían cosas extrañas en otras paradas del recorrido, no había razón para creer que estaban conectadas.

Andre quería una excusa para quedarse con Em. No quería lastimar a nadie, pero si la bestia de la sombra aparecía, entonces era evidencia de que un fanático enloquecido los estaba siguiendo o que algo más estaba causando que apareciera.

¿Alguien en la gira? ¿Algún tipo de amuleto o tótem? En este punto Andre estaba devanándose los sesos por lo que había visto en películas y programas de televisión. Esa era su única piedra angular de la magia. Y no pensaba que los episodios de "Buffy la Caza Vampiros", que no había visto en más de una década, pudieran ayudarlo.

Finalmente, el autobús se detuvo para que tomaran el almuerzo. Estaban en una gran parada de camiones y Em se quedó alrededor de los autobuses mientras Melinda y su flota de asistentes se reunían con una de las personas del restaurante adjunto a la parada de camiones para tomar platos grandes llenos de comida. Estaban lo suficientemente lejos de la mayoría de los camioneros y viajeros que la gente no podía ver que Em estaba con ellos. Pero Em no parecía demasiado preocupada. Caminó entre su personal y sonrió y se rió, finalmente se preparó un plato y se sentó a almorzar debajo de un árbol. Andre tomó su propio plato y se unió a ella.

«¿Tienes miedo de que el hombre lobo fantasma

me ataque?», preguntó antes de meterse una papa frita en la boca.

«Bestia de las sombras», corrigió Andre.

«¿Qué?». Salió amortiguado alrededor de su comida.

Andre tuvo que reprimir una sonrisa. «El hombre lobo fantasma es un poco... no me gusta. Bestia de las sombras. Es una bestia. Está hecho de sombras». Al menos él pensaba que así era. Sombras y dientes.

«Estás cambiando su nombre porque quieres que suene más genial». Ella puso los ojos en blanco riendo.

Andre sintió un poco de calor en las mejillas, pero no cedió. «Bestia de las sombras».

«Bestia de las sombras». Puso suficiente énfasis en ello para que sonara tan tonto como un hombre lobo fantasma.

«¿Siempre tienes reuniones así con tu banda?», la cuestionó, preguntándose cómo era realmente la vida de gira para una estrella de rock.

«Jerry me había estado acosando para tener una reunión. Hablamos, obviamente. Y me ayudan a que me vea bien. Pero creo que tal vez los he estado descuidando. Esta es la segunda gira de Jerry conmigo. Los otros dos son nuevos».

«¿No tienes la misma banda todo el tiempo?». Nunca había pensado en eso antes y no sabía qué esperar.

«No. Mercy es la actuación de una sola mujer. Ya sabes, a excepción de la banda de respaldo, los cantantes de respaldo y los bailarines de respaldo. Pero esos son contratados específicamente para la gira y cuando grabo un álbum. Trabajo con un montón de personas diferentes». Miró hacia los autobuses con una leve sonrisa.

«¿Y crees que puede haber algún tipo de resentimiento en la banda o con los cantantes? ¿Algo que podría hacer que hagan cosas mágicas raras?». Si la gente cambiaba cada gira, no parecía que hubiera un resentimiento duradero.

Le dio un mordisco a su sándwich y pensó, y luego negó con la cabeza. «No puedo pensar por qué. No es que sea diferente a muchas otras bandas. Conocen la partitura. Y se les retribuye muy bien».

Andre registró esa información. No sabía si era importante, pero, en este punto, cualquier cosa podría serlo.

El teléfono de Em vibró y miró el mensaje. «Melinda nos está convocando de regreso. Es hora de ponerse en camino».

Se pusieron de pie y tiraron sus platos desechables. La mayoría del personal y más gente que viajaban con ellos estaban en el autobús o se dirigían hacia él, lo que explicaba por qué nadie gritaba para advertirles sobre la bestia.

Pareció materializarse de la nada, y cualquier pensamiento que Andre tuviera sobre el miedo a la luz se había ido. El sol brillaba intensamente en lo alto cuando la bestia negra como la tinta cargó contra ellos.

Em estaba un paso por delante de él, y su corazón se detuvo cuando se dio cuenta de que la bestia estaba demasiado cerca para protegerla. Cargó, pero en lugar de atacarla, la atravesó y clavó sus garras en Andre, dejando rastros de sangre en su brazo.

El gruñido que Andre soltó sonó extraño viniendo de su garganta humana, pero usó el impulso de la bestia y la envió volando a unos metros de él.

Creyó escuchar a alguien gritar, pero no estaba seguro de si era por una conmoción o incluso si era un hombre o una mujer. Entonces hubo un destello de luz brillante, casi como un relámpago, pero eso parecía imposible en un día tan hermoso, y la bestia de sombra desapareció.

Andre se dio la vuelta para ver si el estallido de luz procedía de alguna parte o si la bestia se estaba regenerando y lista para cargar de nuevo.

Creyó ver a alguien moverse por la parte trasera del autobús, pero estaban demasiado lejos con demasiadas sombras para distinguirlos.

No era un fanático enloquecido.

Pero ahora Andre tenía que averiguar quién en la gira de Em estaba tratando de lastimarla.

20

Se suponía que la banda estaría en su autobús todo el camino hasta el hotel, pero Em los envió al otro autobús y dirigió a Andre de regreso a la litera más grande, sentándolo con una presión firme en su hombro sano.

«Quédate aquí», ordenó ella. No quería preguntas sobre cómo resultó herido o qué había sucedido. Su mente daba vueltas con pensamientos de que la bestia los había expulsado de la última ciudad, y solo esperaba que no atacara a nadie más en su equipo. No debería. Hasta el momento, no había lastimado a nadie más que a Andre, y sospechaba que era sólo porque Andre había luchado contra él.

¿Por qué la había atravesado directamente? ¿Cómo?

Le temblaban las manos cuando sacó su teléfono y le envió un mensaje de texto a Melinda diciéndole que estaría sola en el autobús con Andre y que todos los demás debían estar en el segundo autobús. Eso sería muy apretado, pero Em se negaba a sentirse culpable si alguien salía lastimado. Sería mucho peor si alguien la viera sola.

Hubo un golpe en la puerta, y por un loco segundo Em deseó que el conductor del autobús lo ignorara, pero él abrió, y ella pudo escuchar el murmullo de voces. ¿Era Vi? Cuanto más cerca escuchaba, más segura estaba.

«Jerry me mandó a buscar su teléfono celular, dice que lo dejó aquí», le dijo Vi al conductor del autobús.

La voz del conductor del autobús fue amortiguada, pero un momento después, Em escuchó pasos que venían por el pasillo. Volvió a esconderse en la sombra del pequeño cuarto de baño, donde podía observar a Vi sin correr el riesgo de que la vieran. Fiel a su palabra, Vi metió la mano en los cojines del asiento en el que Jerry había estado sentado y agarró un teléfono celular que se había caído al borde del camino. Se lo metió en el bolsillo y se dio la vuelta para salir. Y no pasó mucho tiempo después de que la puerta del autobús se cerró y se pusieron en marcha, en dirección a su hotel.

Em tomó el botiquín de primeros auxilios y regresó a la litera. Andre se había quitado la camisa y había un rastro de sangre que le bajaba por el hombro hasta el pecho.

Pero no era tan malo como debería haber sido. La

mayor parte de la sangre ya había dejado de salir de la herida.

La veloz curación del hombre lobo no era una broma.

«Estoy bien», le aseguró Andre. Extendió una mano para el botiquín de primeros auxilios.

Pero al igual que la noche anterior, Em se sintió obligada a ayudarlo. Esa cosa lo había lastimado mientras intentaba llegar a ella. Era la responsable de esto. Se limpió un poco de la sangre, revelando su piel recién curada, y luego tiró el vendaje de gasa que había usado. No había nada más que ella pudiera hacer.

Era inútil cuando se trataba de lidiar con la bestia de las sombras.

«No fue sólo un fanático enloquecido». Estaba empezando a temblar con fuerza cuando la realidad de la situación se apoderó de ella. Realmente esperaba que hubieran dejado atrás sus problemas en el último lugar. Ese fue el primer lugar donde el monstruo se había manifestado. Pero al parecer no sería el último. Y no había fans viajando con ellos.

Bueno, tal vez había uno o dos admiradores en la parada de camiones, pero no creía que nadie hubiera seguido sus autobuses hasta aquí.

«Es alguien del equipo, ¿no?». Miró a Andre, rogándole con los ojos que le dijera lo contrario.

Y la mirada de Andre era suave y comprensiva. «Es probable», confirmó.

Se encorvó sobre sí misma como si la hubieran

golpeado. No podía exactamente llamar amigos al personal, pero eran buenas personas. Parecían llevarse bien. ¿Por qué alguno de ellos querría lastimarla?

¿Sería eso lo que querían hacer?

«Me atravesó». No parecía tener mucho control sobre lo que estaba diciendo. Las palabras apenas salían. «Fue como un fantasma».

«¿Cómo se sintió?», preguntó.

Em se estremeció ante el recuerdo. «Como electricidad estática. Se me puso todo el pelo de punta. No me gustó».

Extendió un brazo y lo puso alrededor de ella, tirando de ella en un abrazo. Em se rindió. Ella necesitaba contacto. La seguridad. Y Andre era el único que entendía lo que realmente estaba pasando. Él era el único que tenía alguna posibilidad de protegerla en este momento.

«¿Cómo lo detenemos?», ella preguntó. No quería que nadie del equipo o de su personal resultara herido. Por ahora, la bestia estaba obsesionada con ella, pero no había garantía de que se mantuviera así para siempre. ¿Y si se volviera contra ellos? Ella sabía el daño que esas garras podían hacer. Lo había visto en su ropa, en su cama y en la piel de Andre. Se estremeció. Un humano no sería capaz de curarse de eso.

«Descubriremos quién lo está controlando, o qué lo está haciendo», dijo Andre con más confianza de la que posiblemente podría estar sintiendo. «Luego avanzaremos desde allí».

«¿Crees que alguien lo está controlando?». Ella se había imaginado que alguien lo había conjurado, pero el control estaba en otro nivel.

«Debe ser, ¿verdad?».

Ese pensamiento se asentó incómodamente en su mente. «¿Crees que realmente fue un rayo lo de ahí afuera?», preguntó.

«¿Un relámpago?». Su mente estaba revuelta y daba vueltas, y no tenía ni idea de lo que estaba hablando.

«Hubo un destello brillante antes de que desapareciera».

Em no tenía idea. Estaba tan fuera de su comprensión que se sentía como si estuviera en caída libre. Sólo quería que esto terminara. No quería que monstruos, fantasmas o magia interfirieran en su vida.

Lentamente, parte del miedo comenzó a desvanecerse mientras se hundía en el abrazo de Andre. Se apoyó contra una pared y era más cómodo sentarse contra él que sentarse en el sofá. Y después de varios minutos, descubrió que sus dedos vagaban. No se había molestado en volver a ponerse la camisa para que ella pudiera sentir la gloriosa extensión de piel desnuda bajo sus dedos.

Mientras recorría los bordes de sus músculos, Andre dejó escapar un murmullo de satisfacción. Esto no era como la noche anterior. No parecía ansioso por alejarse de ella. De hecho, se movió aún más cerca.

Todavía lo deseaba. Nada sobre el deseo había

disminuido desde que había aparecido. Y tal vez debería haberla asustado, pero de todas las cosas que la asustaban ahora, Andre no era una de ellas.

«¿Me dejarás besarte esta vez?», ella preguntó. Tal vez necesitaba un enfoque diferente, más suave. Ella nunca lo habría adivinado, pero dada la forma en que él respiraba entrecortadamente, esto era lo que necesitaba.

«No sabes lo que me estás haciendo», advirtió.

«¿No crees que siento lo mismo?». Era una locura, algo primitivo. Pero ella ya no quiso resistirse.

Andre la atrajo hacia sí y le cubrió la boca con la suya. El ángulo era incómodo, y Em se movió hasta que se encontró a horcajadas sobre sus piernas nuevamente y dejó que él la devorara.

El beso fue tan ferviente como lo había sido la noche anterior, pero ahora se daba cuenta de la diferencia. Ahora contaba con la entusiasta participación de Andre. La forma en que la besaba fue casi aterradora. Pero ella no iba a dejarlo ir.

Ahora ella tenía el sabor de él. Un gusto real y voluntario. Y sin importar lo que pasara después, ella no lo dejaría escapar.

21

Los labios de Andre quedaron grabados con el recuerdo del beso de Em mientras descargaban los autobuses y la marea de su gira barría el nuevo centro de convenciones. Al igual que en la última ubicación, el hotel estaba conectado con el centro donde se presentaría, y al igual que en la última ubicación, no había suficientes habitaciones, por lo que pusieron a Andre en la suite de Em.

Él no se iba a quejar.

Y si jugaba bien sus cartas, no creía que volvería a dormir en el sofá.

Pero ese era un pensamiento para más tarde. Em había sido arrastrada por la marea. El concierto sería esa noche, y para tener todo listo en cuestión de horas, estaría ocupada hasta que terminara la actuación.

Su lobo insistió en que bajara y en seguirla a cada paso para mantenerla a salvo. Y Andre lo haría pronto.

La bestia había atacado una vez ese día, y no había razón para pensar que no podría atacar una segunda vez. Aunque esperaba que quienquiera que lo controlara necesitara al menos un poco de tiempo para recargarse entre ataques.

Andre estaba apostando la vida de Em y la cordura de su lobo a que tenían al menos un par de horas. Y tenía que consultar con Gibson. Aunque esta no era una tarea oficial, sabía que su jefe, su alfa, querría una actualización.

Así que Andre inspeccionó la habitación para asegurarse de que fuera segura y luego se acomodó en la silla junto al escritorio y llamó a su jefe. Esta vez, Gibson respondió al primer timbre. «¿Que pasa?».

«Sólo llamo para dar el informe».

«Sí, hemos estado leyendo sobre eso toda la mañana. ¿Debería esperar verte en todos los tabloides esta semana? ¿Es eso parte de tu estrategia para mantener a salvo a tu cliente?». El humor irónico impregnaba las palabras de Gibson. No era un reproche. Andre deseaba que lo fuera. Las burlas eran peores.

Pero las burlas iban de la mano con su dinámica de grupo, y él tendría que lidiar con eso. «La seguridad está fallando un poco. Ese fotógrafo nunca debió haber aparecido para tomar esa foto».

«¿Entonces la foto es una completa mentira? ¿Solo una historia para vender y obtener más clics?», Gibson no sonaba como si lo creyera.

Pero ahora sería el momento de estar de acuerdo con él. La mano de Andre se acercó y tocó su labio inferior. No podía negar que había algo entre él y Em. No *quería* negarlo. ¿De qué serviría hacerlo cuando ya estaba planeando cómo meterse en su cama?

Lo escuchó gruñir a través de la línea. «¿Vas a decir algo?».

«No si puedo evitarlo». Era el tipo de impertinencia que nunca se habría atrevido si todavía estuvieran en el ejército, pero Gibson ya no era un oficial. Al menos no en los libros del Tío Sam.

«¿Es lo mismo que pasó con Owen?». Ahora el mayor estaba más serio.

Gibson estaba preguntando si Em era su pareja. Y el lobo de Andre quería que él dijera que sí. Quería hacer el reclamo en ese mismo momento. Pero el hombre fue más cauteloso. «Sólo ha pasado un día. ¿Cómo podría saberlo?».

«Creo que, si no lo fuera, simplemente lo habrías negado. No es algo malo. Al menos no lo parece». Él estaba comprendiendo. La nueva misión de Gibson era descubrir todo lo que había que saber sobre los hombres lobo, y el apareamiento parecía ser parte de ello.

Pero Andre tenía sus propias preocupaciones. «Nuestros estilos de vida no son exactamente compatibles».

«Todo se puede resolver. Te has adaptado a nuestra nueva forma de ser lo suficientemente bien. Y seguirás siendo parte de nuestra familia si algo cambia. Si ya no trabajaras para nosotros».

«¿Ya no trabajo para ti? ¿Me estás despidiendo?». Esta *no* era la forma en que Andre esperaba que transcurriera esta llamada.

Y una risa surgió de Gibson. «Dios, no. Tú mantienes a raya a los chicos. Pero nunca te obligaría a elegir. Así que haz el trabajo y no permitas que interfiramos con ningún tipo de decisión a la que puedas llegar».

Era demasiado por considerar, y Andre no quería seguir hablando de ello.

En cambio, Andre dio un informe sobre la bestia de las sombras y Gibson dijo que investigaría un poco más. Pero cuando colgaron, Andre se quedó mirando su teléfono durante varios minutos.

No tenía intenciones de dejar su trabajo de guardaespaldas, incluso si, en primer lugar, nunca había sido su sueño. Pero Em realizaba giras mundiales como esta cada año, más o menos. Y si *esto* entre ellos era algo real y no química ardiendo y brillando y luego estallando rápidamente, entonces tendrían que encontrar una manera de hacer que sus vidas funcionaran juntas.

Pero se estaba adelantando. Dos besos. No podía echar por la borda su vida con sólo dos besos. El hecho de que ella lo hiciera pensar en esas cosas después de únicamente un día era quizás preocupante. Pero su lobo quería que fuera a buscarla.

Habían estado separados durante bastante tiempo.

Andre también quería ir tras ella. Pero estaba rodeada de gente y, hasta el momento, la bestia de las sombras sólo había atacado cuando él estaba cerca y, por lo demás, ella estaba sola. Esperaba que su suerte se mantuviera.

Porque ahora era el momento de que él cazara a la bestia y dejar que su cantante siguiera con su trabajo.

22

Con Melinda distraída por un problema en la preparación del escenario, Em se escabulló para robarse unos minutos para ella sola. El caos organizado de su personal era suficiente para volver loco a cualquiera, y pensó que podrían arreglar las cosas sin ella por un tiempo.

No era como si fuera a ir muy lejos. Ella tenía un camerino en este lugar al igual que en todos los demás, y ahí era donde se dirigía. También tenía su teléfono, así que no era como si nadie pudiera contactarla. Sabía que Andre podría tener un ataque si se daba cuenta de que ella se estaba escabullendo, pero no sabía dónde estaba Andre en ese momento, por lo que no podría quejarse.

Los pasillos estaban casi vacíos, y de las pocas personas con las que se cruzó, nadie hizo más que asentir cortésmente con la cabeza mientras se dirigía a su vestidor. Em no los detuvo. Todos estaban ocupados y tenían un tiempo de respuesta ajustado en este lugar. Preparar el concierto en un par de horas requería un acto de Dios, o un acto asombroso de habilidades organizativas, y Em se contentaba con mantenerse al margen.

Esta era la oportunidad perfecta para tomar una siesta.

Y tal vez pensar en lo que pasó en el autobús. No podía recordar la última vez que la habían besado así. Ahora que lo pensaba, estaba bastante segura de que *nunca* la habían besado así. Y si ella y Andre estaban solos en una habitación juntos, sabía que no escaparían sin que al menos uno de ellos se corriera.

Ambos, si podía hacer algo al respecto.

Fue solo por algún milagro que no se olvidaron de la precaución y tuvieron sexo en el autobús. Pero Em sabía que el sonido se transmitía, y la presencia del conductor del autobús fue suficiente para mantener sus pantalones bien puestos.

Tenía la sensación de que Andre podía hacerla gritar.

Tal vez la estaba evitando en este momento. Sabía que ella estaba ocupada y no podía permitirse un descanso sexual.

Y probablemente estaba buscando lo que estaba causando que la bestia de las sombras apareciera y atacara.

Esperaba que él lo descubriera pronto.

Y una pequeña parte de ella esperaba que él nunca se diera cuenta. Mientras ese peligro estuviera allí, él estaría en la gira con ella. Una vez que se solucionara, bueno, entonces no habría razón para que él se quedara, ninguna razón excepto el calor eléctrico que ardía entre ellos.

Tenía una vida en Nueva York. No era como si fuera a dejarla por ella.

No es que ella quisiera que lo hiciera. Pero ella no tenía ganas de entrometerse en la vida real.

Em finalmente regresó a su vestidor y abrió la puerta. Primero su nariz le indicaba que algo estaba extraño, y luego sus ojos. Se suponía que nadie debía estar allí.

Y, sin embargo, allí estaba Vi, sentada frente a una vela perfumada en la habitación oscura, con los ojos brillando de un color extraño.

Pero eso era imposible.

Los ojos no brillaban así.

Y las bestias de las sombras no acechaban en los pasillos de las salas de conciertos o fuera de las paradas de camiones. Necesitaba dejar de depender de lo que pensaba que era imposible y comenzar a concentrarse en las cosas que estaba viendo.

«¿Qué estás haciendo?», demandó Em. Probablemente no fue el movimiento más inteligente confrontar a alguien que estaba haciendo algo extraño cuando estaba preocupada de que tenía un acosador, pero culparía a la sorpresa del momento.

No era como si alguien fuera a decirle a Andre.

«No es lo que parece». Vi se levantó de un salto de donde estaba sentada y las luces se encendieron mágicamente.

No, no mágicamente. Había un sensor de movimiento que captaba el movimiento de Vi.

«¿Estás haciendo... magia?». Todavía se sentía extraño pensar en cómo la magia podría haber sido real. Lo era. Esa era la única manera de explicar la bestia de las sombras. ¿Pero era Vi la que lo causaba?

«No hice nada malo», dijo Vi.

Y eso hizo que Em sospechara más de ella.

«Entonces tienes diez segundos para empezar a explicarte», dijo Em con más bravuconería de la que sentía. Si Vi fuera una especie de bruja, seguramente podría usar magia. Con suerte, se olvidaría de eso durante el siguiente minuto más o menos.

Los hombros de Vi se hundieron y se llevó la mano a la cara con la palma abierta. Había algo en ella. Antes de que Em tuviera la oportunidad de averiguar qué, Vi sopló la sustancia y golpeó a Em justo en la cara.

Se le llenó un pulmón con eso y le ardían los ojos. Tropezó hacia un lado y se sentó en el pequeño sofá de dos plazas que estaba apoyado contra la pared. Algo extraño estaba pasando. Algo le estaba ocurriendo. Tenía que recordar esta escena. Tenía que recordar lo que estaba viendo. Pero la inconsciencia le hacía cosquillas en el borde de la mente y no podía aguantar mientras la arrastraba hacia abajo.

Las manos en su rostro la despertaron, y fue el gruñido irregular de la garganta de Andre lo que la arrastró por completo a la vigilia.

«¡Em! ¡Em! ¡Despierta!». Él sacudía sus hombros y su cabeza se agitaba.

«Estoy despierta, estoy despierta. Debo haberme quedado dormida». Le picaban los ojos, como si el polen estuviera pesado en el aire, y no tenía idea de cuánto tiempo había dormido. Recordó haber ido a su camerino para robarse unos minutos, pero no sabía cuánto tiempo había pasado. Y Andre ciertamente no estaba presente cuando ella se escabulló. «¿Por qué estás tan preocupado? Sólo fue una siesta».

Los ojos de Andre se habían vuelto dorados y sabía que su lobo estaba cerca de salir a la superficie. «He estado tratando de despertarte durante más de cinco minutos», dijo. «Esa no fue una siesta normal».

Em miró alrededor de la habitación. Era igual a como la había visto hace solo unas horas. No había nada fuera de lugar. «Tal vez sólo estaba cansada», razonó. «A veces las siestas son así».

«Puedo oler a Vi», dijo. «¿Estuvo ella aquí?». Sus ojos brillaban dorados con la amenaza de la violencia.

¿Vi? Em se devanó los sesos pensando en la última vez que había visto a la mujer. «Creo que no la he visto en todo el día», dijo. «Probablemente esté con el resto del personal».

Andre suspiró hondo y se inclinó, respirando más profundamente. «Hueles *mal*», dijo. Él frotó su cara contra su cuello, y Em trató de no concentrarse en lo bien que se sentía su barba.

«Solo he sudado», dijo.

«Eso no es todo», dijo él, insistente, sus manos vagando sobre ella. «Necesito que huelas como tú misma».

Entonces sus labios estuvieron en su cuello, y Em dejó de preocuparse por lo que quería decir.

23

El mal rodeaba a Em; ella no olía como ella misma, y el lobo de Andre lo odiaba. Él agarró sus hombros y respiró hondo, tratando de identificar qué estaba mal.

Ella lo miraba como si estuviera loco, con los ojos entrecerrados y todavía un poco soñolienta por la siesta que decía haber tomado. Pero era un día ajetreado y conocía a Em lo suficiente como para saber que no se escabulliría para tomar una siesta larga cuando la gente la necesitaba.

Y el olor de Vi era demasiado fuerte para que él lo ignorara. Seguramente ella había estado en esta habitación. Y le había hecho algo a Em.

No confiaba en ella, y con la sombra de la bestia acechando, estaba seguro de que ella era una amenaza.

Si Andre estaba en sus cabales, correría tras ella y exigiría saber qué había hecho. Si hubiera parecido que Em estaba herida de alguna manera, nada podría impedir que Andre atacara a la otra mujer.

Pero Em no estaba herida, sólo un poco aturdida. Y su lobo insistió en que se quedara allí y atendiera a su par...

A Em.

Dejó un rastro de besos por su cuello y gruñó de satisfacción cuando su olor la cubrió y pareció borrar el mal que aún estaba sobre cada parte de ella. Debería oler a él todo el tiempo, insistía su lobo, y el hombre no podía estar más de acuerdo.

«¿Qué estás haciendo?». Había un poco de risa en su voz, y uno de sus dedos se extendió por su cabello, acercándolo. «¿Te acordaste de cerrar la puerta?».

No tenía idea. Y aunque quería su privacidad, no había nada que pudiera hacer que se alejara un paso de Em hasta que volviera a oler bien. «Tu aroma». No podía explicarlo bien. Tenía una nariz humana. Ella entendía cierto nivel de su realidad de hombre lobo, pero él no sabía cómo podía explicarle esto a un humano.

«¿Esto es alguna mierda de hombre lobo posesivo?», preguntó, pero todavía había una sonrisa en sus palabras.

¿Era esto posesividad? Andre nunca antes había sido posesivo. Todo lo que sabía ahora era que tenía una necesidad imperiosa de cubrirla con su olor para que no hubiera dudas de a quién pertenecía... De acuerdo, sí, eso era posesividad.

«¿Quieres que me detenga?», era una tortura preguntarlo. Y no sabía cómo conseguiría que su lobo estuviera de acuerdo. Ya podía sentir los estruendos de la resistencia.

«No tenemos mucho tiempo», advirtió Em, todavía aferrándose a él. Pero no era un no.

Tampoco era un sí.

«¿Quieres que me detenga?», preguntó de nuevo, incluso mientras sus manos subían por sus costados, encontrando una línea desnuda de piel y acariciándola hasta que se le puso la piel de gallina.

«Te culparé si Melinda nos regaña». Y luego tiró de él hacia abajo sobre el pequeño sofá.

Sí. Andre la tenía ahora. Y no había lugar que no quisiera besar, que no quisiera tocar. Dejó que sus manos vagaran sobre ella y sus labios la siguieron. Le quitó la camisa y fue Em quien se quitó el sostén y lo dejó caer al suelo.

Miró hasta su saciedad. Senos turgentes con pezones tensos, piel pálida, y su olor comenzaba a asomarse a través del mal a medida que crecía su excitación. La quería volver loca. Mojada y lista para él. Pero incluso cuando el lobo de Andre exigía que la reclamara para siempre, sabía que no tenían suficiente tiempo. Y sabía que saldría frustrado de este encuentro.

Pero sólo de una manera. Porque iba a darle a Em el placer que no tendría tiempo de tomar para él.

Sus labios se cerraron sobre su pecho y Em se

arqueó hacia él, el sonido que hizo fue un canto primario de lujuria. Incluso cuando se dejó perder, todavía había música en ella.

Sabía que podía amar eso.

Se deleitó con el sabor de ella, su piel era un sueño sedoso bajo su lengua. Podía imaginar cómo sería ella si estuvieran juntos en la cama, si tuvieran toda la noche. Y pronto lo harían.

Ella no se conformaría. Por la forma en que ella lo estaba tocando, supo que ella también estaba ansiosa y dispuesta a entregarse.

Pero en este momento, era el privilegio de Andre darle esto.

La quería desnuda, pero sabía que estaba siendo codicioso. No tenían tiempo para la desnudez total. No si iba a dar un concierto esta noche. Dejó que sus dedos desabrocharan la bragueta de sus jeans demasiado ajustados y buscó hasta que encontró su calor húmedo.

Em gimió de nuevo y gritó su nombre cuando encontró el lugar que estaba buscando, sus dedos haciendo círculos cerrados justo donde ella lo necesitaba.

«Sí, sí. Dios, sí». Su cabeza descansaba contra el respaldo del sofá, su cabello se extendía en un halo dorado.

Andre la besó por todas partes mientras sus dedos continuaban trabajando en su sexo. Quería saborearla, deseaba que ella empapara su calor alrededor de su lengua, pero sabía que si llegaban tan lejos no la dejaría ir. No esta noche. Jamás.

Dentro de su cabeza, su lobo protestó fuertemente ante la idea de dejarla alejarse demasiado. Y Andre trató de no pensar en ello. No cuando la tenía bajo sus dedos.

No mientras ella se arqueaba a su alrededor y gritaba mientras su clímax la tomaba.

No mientras cubría su boca con la suya y le daba un beso abrasador para recordarlo.

Ella olía bien. Ella olía a él. Y así era como debía ser.

Pero había algo mal en la gira, alguien todavía quería lastimarla.

Y Andre iba a hacer lo que fuera necesario para asegurarse de que nadie tuviera la oportunidad de hacerle daño.

24

Em estaba fuera de su juego. Lo sabía.

Tres canciones después de su actuación y ya podía imaginar las malas críticas que estaba destinada a recibir. Estaba distraída, atrapada recordando la sensación de los dedos y los labios de Andre, y también confundida. No por lo que ella y Andre habían hecho... o, en realidad, por lo que Andre le había hecho a ella. Sino por lo que había venido antes de eso.

¿Vi le había hecho algo?

El director de producción habló con fuerza en su auricular y Em se dio cuenta de que se había perdido una señal. Mierda.

Jerry volvió a tocar la línea, encubriendo su error, y ella le lanzó una mirada agradecida, pero él tenía una mirada amarga en su rostro.

Ella también estaba arruinando las cosas para él.

Em comenzó a cantar y empujó todos sus pensamientos a un rincón estrecho de su mente. Podría preocuparse por toda esa basura más tarde. Mucho, mucho más tarde.

Duró dos canciones más.

Por suerte, el público no pareció darse cuenta. Los críticos sí lo harían. Los fanáticos le darían mucha libertad de acción. Al menos, ella esperaba eso.

No se perdió una señal, pero casi choca con Jerry y lo escuchó decir algo menos que elogioso. Por suerte, no fue lo suficientemente fuerte como para ser captado por los micrófonos.

Le debería una disculpa a su banda después de esto. Con suerte, la perdonarían.

Ella pensó que lo harían. Todos podían tener una mala noche.

¿Estaba Vi ahí afuera observándola? ¿Era ella la persona que había convocado a la bestia de las sombras?

No sabía cómo había terminado durmiendo la siesta en su vestidor. No recordaba nada antes de que apareciera Andre, y esa era la parte aterradora. Ella debería recordarlo. Ella tenía una gran memoria.

Entonces, ¿por qué había un espacio en blanco?

Las luces se apagaron y la banda dejó sus instrumentos a un lado y se escabulló fuera del escenario. Esta era una de las partes favoritas del espectáculo de Em, donde realmente podía mostrar sus habilidades como cantante. Sin acompañamiento, sin banda, nada más que un foco sobre ella y sombras a su alrededor.

Se perdió en la canción y ni siquiera se le ocurrió tener miedo.

Estaba a medio camino de expresar su corazón sobre el amor perdido y encontrar la fuerza para continuar cuando sintió que algo se movía detrás de ella.

Al principio pensó que era sólo uno de los miembros del equipo de producción. Intentaban permanecer fuera del escenario durante la actuación, pero a veces no se podía evitar una aparición.

Pero el equipo de producción nunca hacía que se le erizaran los pelos de la nuca.

No se dio la vuelta y no dejó de cantar. Si la bestia acechaba en las sombras, no quería que se diera cuenta de que podía sentirla. Y si no estaba allí, no quería darse la vuelta y caer en un delirio paranoico.

Sintió el aliento en la nuca. No había sido un engaño. Pero no estaba atacándola. Estaba justo ahí. Tan cerca que podía estirar la mano y tocarla, pero no estaba hundiendo sus gigantescos colmillos sombríos en ella.

¿Que significaba eso? ¿Estaba tratando de protegerla?

¿O estaba tratando de aterrorizarla?

Cualquiera que fuera su intención, definitivamente estaba aterrorizándola.

¿Qué pasaría cuando terminara la canción? Las luces no volverían a encenderse por completo. Sería más brillante, pero el escenario aún estaría cubierto de sombras mientras su banda regresaba para el siguiente escenario.

Y las luces se apagarían. No por mucho tiempo. Pero con la bestia lo suficientemente cerca como para tocarla, cualquier momento sería suficiente.

¿La atacaría entonces? ¿Estaría esperando ese momento? Sabía que no estaba atado a la oscuridad. Había atacado bastante bien a plena luz del día, aunque hubiera sido a la sombra de los autobuses. Pero se aferró a la brillante luz del foco, con cuidado de mantener las manos dentro de su haz, como si eso ofreciera alguna protección.

Tendría que correr. Había un soporte de micrófono al otro lado del escenario que probablemente podría usar como arma si lo necesitara. No es que las armas hicieran mucho contra los monstruos hechos de sombra.

Quería correr ahora. Su corazón latía tan rápido que temía colapsar y quedar atrapada como una presa petrificada para la bestia. Por otra parte, si eso sucediera, las luces se encenderían y tal vez la bestia desaparecería.

Em lo consideró por un segundo. Pero ella desechó el pensamiento. Existía la posibilidad de que el equipo de producción apagara todas las luces y tratara de sacarla del escenario al amparo de la oscuridad. Lo harían en un esfuerzo por salvar su reputación y ocultar lo que había sucedido. Pero si esa era la elección que harían, ella estaba perdida.

¿Andre estaría cerca? No podía ver mucho de nada debido a la forma en que funcionaba la iluminación. Todo lo que tenía que hacer era mantener a raya a la bestia el tiempo suficiente hasta que apareciera. Y estaba segura de que él eventualmente se haría presente.

Por favor. Andre. Sus pensamientos no harían mucho bien, pero al menos podía tener la esperanza.

La canción se estaba terminando, con su voz elevándose más y más alto para esa nota final. Tan cerca. El temblor en su voz no era trémolo, era miedo. No era bravuconería, era terror.

La bestia empujó su nariz hacia el foco de luz, probando el borde de su endeble protección.

Em cerró los ojos y respiró por última vez, lista para correr.

El foco se apagó, dejando el escenario en la oscuridad. Em corrió hacia el soporte del micrófono cuando un segundo lobo, este hecho de piel y carne en lugar de sombra, irrumpió en el escenario.

25

ANDRE SABÍA QUE ESTABA DANDO UN GRAN ESPECTÁCULO A los fanáticos de Em, pero no le importaba. La bestia estaba afuera. Estaba más cerca de Em que nunca y necesitaba detenerla. Él cargó contra ella. Estaba oscuro y los ventiladores hacían tanto ruido que no podía confiar en su sentido del oído. Ni su sentido del olfato. Era una sobrecarga sensorial por los miles de personas en la multitud, y la bestia de las sombras no olía a nada.

Andre sabía cómo concentrarse incluso cuando el enfoque era imposible. Estar en una zona de guerra no era tan diferente. Destellos brillantes. Ruidos fuertes. El miedo de que el enemigo pudiera llegar a ti en cualquier momento.

Pero justo ahora, era él quien acechaba al enemigo.

Las luces se encenderían pronto. En este momento, la audiencia sólo podía ver sus sombras moviéndose. Y aunque no era su prioridad, Andre esperaba poder ahuyentar a la bestia sombría antes de que quedara claro que Em estaba justo al lado de un lobo.

Un destello brilló sobre su hombro y Andre se estremeció. Luego gruñó.

La audiencia dejó escapar gritos salvajes cuando otro rayo brilló, y luego la bestia de las sombras salió corriendo del escenario.

Andre se atrevió a mirar detrás de él y vio a Vi parada en el borde del escenario, sus manos brillaban con los efectos secundarios de la magia.

¿Era ella la que estaba controlando a la bestia? ¿O estaba tratando de detenerlo?

Sus labios se movieron, pero él no pudo entender lo que estaba diciendo. No hacía falta ser tonto para entender que ella le estaba diciendo que fuera tras la bestia.

Él así lo hizo.

Pero cuando estuvo detrás del escenario, merodeando por los pasillos, ya no estaba. Volvió sigilosamente a donde había dejado caer su ropa y volvió a ser humano, se puso la ropa y regresó para ver a Em terminar su concierto.

Podía ver que ella estaba temblorosa. ¿Cómo podría no estarlo? Pero ella era una gran intérprete, y terminó el espectáculo tan fuerte como se podría esperar después de ser atacada por un hombre lobo.

Vi estaba detrás del escenario y le dirigió una mirada

evaluadora cuando estuvo justo a su lado. La banda estaba de vuelta en el escenario con Em, y nadie parecía darse cuenta de que algo mágico había sucedido.

Por supuesto, los chicos de iluminación tenían que saber que algo andaba mal. Pero estarían buscando fallas eléctricas, no brujas.

Una bruja. Eso tenía que ser lo que Vi era, ¿cierto? Pero no iba a preguntarle hasta que Em estuviera con él.

El concierto finalmente terminó, y Andre y Em no tardaron en regresar a su habitación de hotel con Vi a cuestas.

No hablaron hasta que la puerta estuvo bien cerrada.

«¿Qué diablos está pasando?», preguntó Em.

Vi levantó una mano e inclinó la cabeza hacia un lado, como si estuviera escuchando algo.

«No hay nadie en el pasillo», le aseguró Andre. Podía oír muy bien.

Aún así, Vi negó con la cabeza y luego se dirigió a la puerta, agitando las manos frente a ella y murmurando algo hasta que hubo un destello de luz brillante que desapareció rápidamente.

«Ahora estoy segura de que nadie nos escuchará», dijo. Se enderezó más de lo que jamás había visto, más confiada ahora que no estaba escondiendo una parte de sí misma.

«Brujas», fue todo lo que dijo Em antes de

hundirse en el sofá de la sala de estar de su suite y hundir la cara entre las manos.

«¿Brujas?», Andre miró a Vi en busca de confirmación.

«Brujas». Ella asintió. «Sí. Soy una bruja. Obviamente».

«Nada era obvio al respecto hasta que comenzaste a lanzar rayos de tus manos», dijo Em, su voz todavía un poco temblorosa, probablemente tanto por la actuación como por la revelación de Vi. Subió los pies al sofá y se hizo un ovillo.

Andre quería ir a consolarla, pero también quería quedarse entre ella y Vi en caso de que Vi tuviera alguna idea.

«¿Tú convocaste a esa cosa?», él demandó. Estaba casi seguro de la respuesta. No pensó que una persona invocaría a un monstruo mágico solo para luchar contra él. Pero tal vez esa había sido toda la estratagema. Tal vez había convocado a la criatura solo para defenderse y congraciarse con Em.

«Claro que no», dijo Vi, indignada.

«Estás diciendo muchas cosas que deberíamos entender», dijo Em. Se desenroscó y se sentó derecha. «Nunca he oído hablar de una bruja real. No te pareces exactamente a *Sabrina*».

«¿La de la serie de los noventa o la del *remake*?», preguntó ella, como si eso importara.

«Ninguna de las dos», Em claramente no estaba contenta con las bromas.

Los hombros de Vi se hundieron. «Te prometo que no estoy aquí para lastimarte».

«Entonces, ¿cuál es el motivo? Y le hiciste algo a Em antes del espectáculo. ¿Qué fue y por qué?». El peligro estaba cerca de la superficie, y él quería lastimarla. Pero tanto él como Em necesitaban más respuestas.

Ahora Vi parecía un poco avergonzada. «Le lancé un hechizo de confusión menor a Mercy, quiero decir, a Em. Me atrapó en el vestidor buscando a la criatura. No pensé que podría explicarlo. Lo siento». Sus ojos suplicaban mientras miraba a Em. Em solo asintió, un poco conmocionada. Vi siguió hablando. «Quería trabajar en tu equipo. Soy...». Sus mejillas se pusieron rojas, chocando con su cabello púrpura. «Soy una fan. Parecía divertido. Y antes de que apareciera el señor hombre lobo, parecía que necesitabas algo de protección. He estado tratando de averiguar de dónde vino la invocación, pero ha sido difícil. La magia es un trabajo complicado, y no esperaba exactamente tener que realizar hechizos importantes en este trabajo».

«¿Cómo supiste que soy un hombre lobo?». Salió de la boca de Andre sin que él pensara en ello.

Ambas mujeres lo miraron, y él recordó cómo se había transformado y cargado el escenario. «Pregunta estúpida. ¿Lo sabías antes de eso?».

«Por supuesto. Estaba claro». Vi lo miraba como si fuera un estudiante particularmente lento.

«Perdóname», dijo Andre, las palabras chorreaban

sarcasmo. «No sabía que los hombres lobo fueran ampliamente identificables. O que existieran las brujas». Y no le gustaba que pudiera confundir a la gente con su magia.

Vi lo miró con incredulidad. «¿Cómo no puedes saber eso? ¿Tu manada no tiene una relación con un aquelarre?». Em se olvidó por un momento cuando se volvió hacia él y lo miró con gran preocupación.

«No creo que lo que tenga o no mi manada sea asunto tuyo», dijo. No estaba seguro de confiar en esta mujer, y ciertamente no iba a darle más información de la que ya tenía.

«Así que estás diciendo que eres una bruja buena, ¿verdad? Me confundiste un poco con la magia, pero no me lastimaste. Y no lo vas a volver a hacer», dijo Em, recuperando la conversación hacia ella. «Y hay como una bruja mala persiguiéndome. ¿Un hechicero?».

Vi puso los ojos en blanco. «¿Bruja buena? ¿Bruja mala? Eso es un poco reduccionista. Las brujas son sólo personas. Algunas de nosotras somos increíbles. Algunas apestamos. Y quienquiera que esté detrás de ti es definitivamente de la variedad apestosa. Y ahora que ya lo sabes, no tengo motivo para volver a confundirte».

Andre quería responsabilizar a Vi, pero Em parecía dispuesta a dejarlo pasar mientras hablaba. «Entonces, ¿qué está pasando? Al principio pensamos que era un hombre lobo fantasma. Ahora lo estamos llamando la bestia de las sombras».

«Bestia de las sombras, me gusta eso». Vi asintió, una sonrisa contemplativa tiró de sus labios. Se sentó en la mesa de la cocina de la habitación y apoyó los pies en la silla. «Un usuario de magia de algún tipo lo convocó. De eso estoy bastante segura. No es un fantasma. Es un espíritu o algún tipo de creación mental. No sabré exactamente qué es hasta que me acerque a él. Obviamente puede infligir daño, ya que tu pareja aquí parece ser capaz de atacarlo. Pero hay muchas formas en que esta cosa podría haber sido traída al mundo y varias formas en que podemos sacarlo. Pero necesitamos trabajar juntos si vamos a hacer eso».

Andre se sobresaltó cuando dijo la palabra '*pareja*'. Quería exigir más información. ¿Qué había querido decir con eso? Vi, potencialmente tenía un gran conocimiento en lo que se refería al significado de ser un hombre lobo, y no sabía cuán ignorante era él, aunque debió haber tenido alguna idea dado su tono en esta conversación.

«¿Por qué está escalando?», preguntó Em, moviéndose un poco donde estaba sentada. «Al principio sólo nos sentíamos asustados. Ahora me está atacando».

«¿Lo está?», desafió Vi. «¿O sólo está al acecho y se deja ver? Lo mejor que puedo decir es que solo ataca cuando tu pareja está cerca».

«¿Sigues diciendo esa palabra?», Em medio

preguntó, medio dijo, y Andre tuvo problemas para descifrar su tono.

«Bueno, sí. ¿No es así?». Miró entre los dos y frunció los labios. «O supongo que pueden averiguarlo ustedes mismos».

Em se levantó del sofá y comenzó a caminar. «¿Entonces crees que no quiere lastimarme? Realmente dañó a Andre». Ella le lanzó una mirada de preocupación y Andre le devolvió la sonrisa para tranquilizarla.

«¿No te defenderías si un hombre lobo te persiguiera?».

Ninguno de los dos tenía una respuesta para eso. Pero hizo que Andre se preguntara. «¿Quienquiera que fuera el responsable de esto podría ser como tú? ¿Simplemente estar tratando de protegerla de algo?». No le gustaba la idea de que la bestia de las sombras acechara, pero si era algo de lo que no tenían que preocuparse, podría dormir un poco más tranquilo.

Vi negó con la cabeza. «Él podría empezar a pensar eso. Pero una creación como esta va a cobrar vida propia. Y en poco tiempo, va a querer hacerle cosas a Em. Tal vez reclamarla».

Andre no pudo reprimir el gruñido que salió de su garganta.

Vi asintió de acuerdo con el lobo de Andre. «No es bueno. Puedo poner protección en tu habitación por la noche. Eso evitará que entre mientras estés aquí. Evitará que cualquiera entre, en realidad. Permanece cerca de ella durante el día. Tengo algunas ideas sobre lo que podría estar causando esto, pero necesito investigar más. Y ahora que todos estamos en la misma página, creo que podemos trabajar juntos».

«¿Así que es así?», preguntó Em. «¿De repente somos un equipo? Nos has estado mintiendo».

«¿Me hubieras creído si me hubiera acercado a ti y te dijera que era una bruja? ¿Haber realizado un par de trucos de magia? Vamos».

«Acepté a los hombres lobo con bastante facilidad», dijo Em en su propia defensa, no es que Vi pudiera haberlo sabido.

«Sí, pero no tenías otra opción», señaló Andre. Eso es lo que pasó cuando uno atacó a tu hermana justo en frente de ti. Pero no dijo esa parte en voz alta. Vi no necesitaba saberlo.

«¿Quieren mi ayuda o no?», preguntó Vi, con los brazos cruzados y golpeando los pies, como si estuviera cansada de sus tonterías.

Él y Em compartieron una mirada, pero la decisión había sido obvia desde el principio. No sabían nada de magia. Vi parecía saberlo todo. Y necesitaban la ayuda.

«Sí, queremos tu ayuda», decidió Em. «¿Podremos salir si pones una protección en la habitación?».

Vi asintió. «Si no hay nadie en la habitación, la protección se disolverá. Entonces, si ambos tienen que salir, solo envíenme un mensaje de texto y puedo volver a activarla. La forma más fácil de hacerlo es que uno de ustedes se quede en la habitación si la otra persona tiene que ir a buscar hielo o lo que sea. Luego, la persona que está adentro puede dejar entrar a la otra y ya. Nada puede entrar sin una invitación. ¿Está bien?». Hablaba de seguridad mágica como si fuera tan común como una alarma.

«¿Estarás tú a salvo fuera de la habitación?», Andre preguntó. No quería que su nueva aliada se pusiera en peligro.

«Oh, sí, definitivamente estaré bien». No estaba preocupada en absoluto, y no sonaba como bravuconería. «Comenzaré a consultar mis fuentes esta noche y veré qué se me ocurre. Ustedes dos permanezcan en alerta máxima. Juntos podremos luchar contra esta cosa».

Luego, Vi volvió a la puerta y realizó más magia frente a ella antes de dejarlos a los dos solos en la suite, protegidos por un hechizo que ninguno de los dos entendió por completo.

Andre se dio la vuelta y observó cómo Em se hundía de nuevo en el sofá. «Brujas».

Era mucho para asimilar. Pero por el momento, él y su pareja finalmente estaban solos y a salvo de la bestia de las sombras.

Su lobo se puso firme dentro de él. No eran brujas en las que estaba pensando en este momento.

Era en su pareja.

26

Em no sabía si su vida se estaba desmoronando o si de repente todo tenía sentido. ¿Era posible que ambas cosas fueran ciertas al mismo tiempo? Tenia que ser. De lo contrario, su cerebro podría explotar tratando de retener toda la información que acababa de conocer.

Miró hacia la puerta. Vi había hecho su magia, pero no importaba cuánto mirara Em, solo parecía la puerta de una habitación de hotel estándar. No brillaba con magia y no estaba rodeada de humo. Em podría haber pensado que Vi los estaba jodiendo si no hubiera creído con todo su corazón que todo lo que había dicho era verdad.

Todo.

Incluso sobre Andre.

Ser su pareja.

Pareja.

Mierda.

Era mucho por entender. Y Andre estaba a varios metros de distancia, deliberadamente sin mirarla. A Em no le gustaba eso. Todo entre ellos había surgido demasiado rápido y había ardido demasiado, pero ella no quería retroceder.

Corría hacia un acantilado y estaba lista para saltar con la promesa de que el destino la haría brotar alas y volar. Sonaba imposible. Pero también los hombres lobo y las brujas, y mira dónde estaba ahora.

«¿Vas a quedarte allí toda la noche?», ella le preguntó. Podía moverse hacia él, pero resultó que Em también tenía miedo de moverse.

«Te lo estás tomando bien», respondió Andre, quedándose quieto.

Prácticamente podía sentir la energía en el aire, lista para explotar con algo. ¿Les haría daño? ¿O haría algo que ella apenas podía comprender?

Era una mala idea tomar decisiones en momentos como este. Em lo sabía mejor que nadie.

Pero había tomado una decisión desde el autobús. Tal vez incluso antes de eso.

Dos días en compañía del otro.

Un mes de conocidos.

Y estaba más segura de él que de la gente que conocía desde hacía años.

Sonaba como el destino para ella.

«Ella no dijo mucho que no hubiéramos adivinado nosotros mismos», y Em pensó que merecían reconocimiento por eso. Incluso con poco conocimiento de la magia, se las habían arreglado para descifrar a grandes rasgos a lo que se enfrentaban.

«Ella usó magia contigo». Salió irregular, y Em se dio cuenta de que Andre solo se estaba manteniendo quieto porque estaba aferrado a su humanidad por un hilo.

Dio un paso más cerca y vio que sus ojos se habían vuelto dorados como los de un lobo. El lobo y el hombre luchaban por el dominio. Otra mujer podría estar asustada.

Pero Andre, y su lobo, eran suyos.

«Ella no me hizo daño». Em estaba un poco molesta por la magia, pero estaba dispuesta a dejarlo pasar. Por ahora. Pero si Vi volvía a hacer algo así, habría consecuencias.

«Tu olor...», respiró profundamente.

Pero Em sabía que no había nada de malo en eso ahora. «Lo arreglaste. Bastante bien». Su cuerpo ardía solo de pensarlo.

«Todavía puedo olerla en esta habitación. Todavía puedo recordarlo». Había un rugido amenazador en su voz.

No, no amenaza. Sino algo lleno de promesas.

Em dio un paso más cerca de él y entrelazó sus dedos. «Ven conmigo». Ella tiró de él hacia el dormitorio. «¿Está su olor aquí?». Em no olía nada más que la habitación limpia, pero Andre era el hombre lobo y tenía mejor olfato.

Negó con la cabeza.

«¿Quieres asegurarte?», preguntó ella, su propia voz volviéndose ronca.

Ese fue todo el aliento que necesitaba. Él la atrajo hacia sí, enterrando sus dedos en su cabello mientras juntaba sus bocas en un beso abrasador que encendía a Em desde el interior.

Su ropa era demasiado ajustada. La habitación estaba demasiado caliente. Sus piernas estaban débiles.

Y era perfecto.

Y solo mejoró cuando la lengua de Andre lamió la de ella y la reclamó, imprimiendo su sabor en ella para siempre. Era el tipo de beso que dominaba a una persona, que les hacía saber que no había vuelta atrás. El tipo de beso que podría ser aterrador.

Pero la promesa era exactamente lo que Em quería, lo que necesitaba. Nada en su vida era seguro. Y todo lo que una vez supo que era verdad ya no se mantenía. Pero ella tenía a Andre, y cualquier fuerza que los uniera era más que correcta.

Le arrancó la camisa, probablemente se la *habría* desgarrado si hubiera sido un poco más fuerte, pero era la señal suficiente para que Andre se la quitara y le mostrara todos esos músculos ondulados. Quería verse saciada, pero quería besarlo más.

Y lo besó. Ella lo besó hasta que le dolió la mandíbula, e incluso entonces la incomodidad se desvaneció en una ola de placer mientras sus manos buscaban abajo.

¿Dónde había ido su propia ropa?

En un momento estaba segura de que estaba completamente vestida, y luego Andre pareció tejer su hechizo seductor y yacía desnuda en la cama. Esto no era magia real. No necesitaban magia. No, fuera de la que pudieran producir entre sus dos cuerpos.

Andre se quitó el resto de la ropa y se abalanzó sobre ella, besándola de nuevo. No podía tener suficiente de sus labios. Había algo alegre en ello, como si estuvieran compartiendo un nuevo descubrimiento, uno que ella quisiera estudiar por el resto de su vida.

Sabía que era demasiado rápido, pero nada en Em podía arrepentirse, no cuando sus besos hacían que su corazón se acelerara y pensara en cosas para la eternidad.

Podría aprender todo sobre lo que le gustaba a Andre si tuvieran un 'para siempre'. Ya podía sentir la forma en que su cuerpo respondía cuando pasó la mano por su lado izquierdo, arrastrando los dedos por su espectacular trasero. ¿Qué otros lugares lo harían gemir? Quería probar cada centímetro de él y algo más. Quería montarlo y verlo mientras se corría.

Pero fue Andre quien dejó un rastro de besos por su cuerpo y comenzó su propio estudio de lo que la hizo temblar. Y luego su cabeza estaba entre sus piernas, y Em creyó que realmente era un mago por el hechizo que lanzaba sobre ella.

Sus dedos se enroscaron en las sábanas, y no pudo evitar el grito ronco que salió de su garganta, animándolo a continuar. Parecía saber exactamente qué la hacía ansiar por más, y Em no sabía si era su talento especial o algún tipo de magia mística de hombre lobo.

A ella no le importaba, mientras él no se detuviera.

Y él no lo hizo. Al contrario, le dio más, adoraba su cuerpo con su lengua y sus manos. Y cuando él hubo exprimido hasta la última gota de placer que ella pensó que podía darle, se inclinó y se corrió, gritando su nombre.

Pero Andre no había terminado.

Y ella podría amarlo por eso.

Él la besó de nuevo, húmedo y sucio y todo lo que ella quería. Y luego él estaba en su entrada, su polla provocándola y haciéndola rogar.

Él hizo que ella quisiera cantar.

Empujó dentro de ella, la penetró y Em gimió, aferrándose a él mientras su cuerpo lo atraía más hacia adentro. El ajuste fue apretado y perfecto mientras su cuerpo se adaptaba.

Se movían juntos. Em había esperado una eternidad por este momento con Andre, sin importar qué tan rápido había estallado la atracción entre ellos. No podía alejarse de eso ahora, nada en ella quería hacerlo.

Aquí era donde estaba destinada a estar, con quién estaba destinada.

Y cuando su cuerpo se rindió y se estremeció contra el de él, supo que no había vuelta atrás.

Había palabras que decir, pero era demasiado

pronto, así que se lo dijo con su cuerpo y sus besos. Y si fuera valiente, pensaría que Andre le estaba diciendo exactamente lo mismo.

Pero Em no era lo suficientemente valiente para hablar, y hoy ya le habían pedido que creyera lo imposible una vez más.

Dejó que la sensación la tomara, y cuando se corrió por segunda vez, deseó que siempre fuera así.

Ella y Andre. Juntos.

27

EM DESCANSÓ CON FACILIDAD, PERO LA MAÑANA LLEGÓ rápidamente y Andre ya no podía dormir. Estaban envueltos uno alrededor del otro en la cama, y él la miró durante un largo rato, prestando atención a la curva de su mandíbula y la forma en que su cabello rubio se extendía sobre la almohada exactamente como lo imaginaba.

Este era el tipo de cielo con el que nunca se había atrevido a soñar. Y si no tenía cuidado, todo se le escaparía de los dedos antes de que pudiera hacerlo suyo para siempre. No quería pensarlo, y no dejaría que esos pensamientos mancharan su cama.

Andre se escabulló, con cuidado de no despertar a Em de sus sueños. Trabajaba duro y necesitaba descansar, especialmente considerando lo tarde que se habían quedado despiertos la noche anterior.

Tenía que alejarse, para convencerse a sí mismo de

que besarla para despertarla y renovar el amor no era la manera de empezar el día.

Podrían hacer eso después de que ella se despertara más tarde.

Pero primero necesitaba considerar realmente todo de lo que se había enterado la noche anterior. Él y su manada sabían que la magia debía existir. Después de todo, una bruja, un brujo o un hechicero de algún tipo les había hecho un encantamiento en la Selva Negra de Alemania casi tres años antes. Ninguno de ellos había sido mordido, ninguno de ellos sabía lo que les había ocurrido.

Y luego, una noche, más de un mes después, se transformaron y corrieron por el bosque como lobos.

Desde entonces, él y los demás habían estado dando tumbos con sus vidas. Después del secuestro, pero antes de la primera transformación, todos habían sido expulsados del ejército y les habían pagado grandes sumas por su silencio. Andre no creía que los militares supieran exactamente lo que les había pasado. Habían sido despedidos para evitar un incidente internacional con uno de los aliados más fuertes del país.

Él y su manada tuvieron suerte. Se estremeció al pensar qué hubiera pasado si se hubieran convertido en lobos cuando los militares aún los tenían. Pruebas. Instalaciones secretas de detención. Un montón de agujas. Y ninguna esperanza de libertad otra vez.

Pero la información de Vi ahora le daba más de lo

que cualquiera de ellos había aprendido hasta ese momento. Habían estado tropezando, descubriendo las limitaciones de sus habilidades por ensayo y error. Pero no había forma de probar la magia, no cuando ninguno de ellos sabía nada al respecto.

Aunque había visto a Rowe realizar algunos trucos de cartas que rozaban la hechicería, no es que contara para nada.

De alguna manera, estaba bastante seguro de que Vi le diría que no era lo mismo.

Y luego estaba el tema de la pareja.

El lobo de Andre se animó ante ese pensamiento. Y quería insistir en que debería volver al dormitorio y despertar a Em para reclamarla. Hubo un punto durante la noche anterior en el que estuvo casi seguro de que le crecerían colmillos y los enterraría en su piel, marcándola como su pareja para que cualquiera la viera.

Él se había resistido. Apenas.

Y no podía dejar que su lobo saliera a la superficie, o sabía que no sería capaz de resistir de nuevo.

No sabía el alcance total de lo que significaba el apareamiento para los lobos. ¿Sería el destino? ¿La química? Owen y Stasia estaban tanteando su propia relación, y Andre no había sentido la necesidad de molestarlos para tratar de resolver las cosas.

Pero ahora necesitaba saberlo. Ahora tenía a Em. Y estaba decidido a ser la mejor pareja que pudiera ser.

¿Ella quería eso? Habían pasado de apenas tolerarse el uno al otro a la cama en cuestión de días, y aunque él conocía su corazón, no conocía el de ella. ¿Esperaría ella que él se fuera cuando todo esto terminara?

A su lobo no le gustaba eso, y a él tampoco. No estaba seguro de *poder* hacerlo. Pero era un problema para después. Tenía que mantener su cuerpo a salvo antes de poder reclamar su corazón.

Y con suerte tendría tiempo para hacerle más preguntas a Vi sobre lo que significaba ser un lobo, lo que significaba ser una pareja y sobre todo lo que había que saber sobre la magia.

Andre tenía una larga lista de notas y preguntas, pero sabía que Gibson estaría feliz de recibirlas. Era más conocimiento de lo que habían tenido en mucho tiempo. Y finalmente podrían comenzar a desentrañar el misterio de qué eran y por qué se habían convertido.

A Andre realmente no le importaba el por qué. Se inclinaba a pensar que habían sido objetivos convenientes, tan convenientes como pueden ser las personas que viven en una base militar segura. O tal vez era su entrenamiento militar lo que los hacía ideales.

No había nada especial en él. Su familia era de lo más normal, y antes de que él se convirtiera en un hombre lobo, no podía engañarse pensando que había sido algo espectacular.

Un poco melancólico. Un poco inclinado a enfurruñarse. Pero no el tipo de persona que estaba destinada a convertirse en hombre lobo.

No le importaba el destino. Nunca había hecho nada por él. Excepto tal vez ponerlo en el camino de Em.

Y él se lo agradecería. Pero *sólo* por eso.

Volvió a revisar sus notas. Tendría que reescribirlas y ponerlas en un orden más coherente antes de enviárselas a Gibson.

Pero podía escuchar a Em moviéndose en el dormitorio, y dejó el cuaderno a un lado. Podría esperar un poco. Quería desearle buenos días a su pareja.

28

Era la mañana perfecta. Mientras Em pudiera ignorar los pensamientos de la bestia de las sombras y la brujería y todas las cosas malas que estaban sucediendo. Tenía a Andre en su cama y un horario libre hasta bien pasado el mediodía.

Quería aprovecharlo, tanto en las sábanas como fuera de ellas. Su cuerpo estaba saciado, pero su corazón quería más.

Cuando sugirió que ella y Andre salieran a desayunar, en realidad no le preocupaba que él dijera que no. Pero su aceptación desató algo que ella no se había dado cuenta que estaba apretado en su pecho.

No había ningún paparazzi esperando cuando salieron del hotel y tomaron un taxi para llegar al centro de la ciudad a uno de los restaurantes que le habían recomendado. En el viaje, podía fingir que era una mujer normal sentada junto a un hombre normal que salía a comer algo después de una noche espectacular juntos.

Ella no era una estrella de rock. Andre no era un hombre lobo. Y no había una bestia mágica detrás de ella.

Pero ella *era* una estrella de rock, y Andre *era* un hombre lobo, y la bestia podía atacarla en cualquier momento.

Sus hombros se hundieron cuando la realidad amenazaba con inmiscuirse.

Andre extendió la mano y entrelazó sus dedos. «¿Estás bien?», preguntó.

«¿Tus fantásticos poderes de hombre lobo te dicen algo?». Y entonces podría haberse maldecido a sí misma por decir hombre lobo. Hablaban en voz baja y la música del taxista estaba alta, pero eso no significaba que no pudiera escucharlos. Con suerte, asumiría que había escuchado mal. Era justo el tipo de historia que no necesitaba que apareciera la prensa sensacionalista.

«Sólo parecías nerviosa», le aseguró Andre, dándole un apretón en la mano, con sus ojos brillantes y afectuosos.

«Están pasando muchas cosas». Apenas era una recapitulación, pero no era como si no lo supiera. Ambos necesitaban este pequeño descanso. Sin duda, Vi vendría y trataría de encontrarlos lo suficientemente pronto. Pero sólo podrían tener unas pocas horas juntos para ser normales.

El restaurante no tenía un cuarto trasero ni mesas particularmente apartadas, pero Em decidió que valía la pena correr el riesgo. Era un pequeño bistró estadounidense que se especializaba en tener un elegante brunch y era el favorito por la mitad de Instagram.

Cometería muchos pecados por waffles que se veían tan bien como las fotos que había visto en línea.

La conversación entre los dos fue fácil, más de lo que ella jamás hubiera esperado. Andre rompió el hielo contándole una historia divertida de algunas de las travesuras que Owen y Stasia habían hecho en el último mes, una de las cuales inexplicablemente involucraba un tobogán de agua y muchas burbujas.

Ella no podía contar nada sobre sus amigos en común, pero él soltó una carcajada cuando detalló una broma que algunos miembros del equipo de carretera le habían gastado en la primera parada de la gira.

Su comida no había sido servida cuando algunos clientes comenzaron a tomar fotos con sus teléfonos celulares a escondidas de los dos. Em quería hacer una mueca. Los paparazzi no necesitaban saber dónde estaba cuando había mucha gente normal ansiosa por invadir su privacidad.

Pero ella no podía mostrar su frustración. Eso solo hacía que las fotos valieran más. Y luego habría una historia sobre cómo fue descortés con un fan o cómo se sentía una diva o cómo se estaba haciendo todo esto a sí misma.

«¿Puedo tomar tu mano?». Andre preguntó en voz

baja, lanzando una mirada por encima del hombro y probablemente mirando a una de las muchas cámaras que no era discreta. «¿Cómo quieres jugar esto?».

Él no trataba de captar la atención, lo cual era bueno, y aún mejor, no parecía extraño por eso. Em se había topado con ambos problemas antes. O la gente salía con ella porque querían que su foto apareciera en blogs, redes sociales y tabloides, o no podían soportar la atención y huían antes de que algo se pusiera serio.

Andre no estaba huyendo.

Por supuesto, este tipo de mierda no era tan rara como la que le había tocado a él.

Ella se estiró y tomó su mano. Los rumores ya estaban comenzando, y si él se quedaba, ella podría necesitar hacer una declaración. ¿Qué pensaría el mundo de su novio hombre lobo?

¿Era eso lo que él era? Ella quería preguntar. Ella tampoco quería decir las palabras. Hace un mes, ella no sabía que existían los hombres lobo, y ahora estaba durmiendo con uno. Ahora tenía una bruja y un hombre lobo que la protegían de una especie de tenebroso hombre lobo fantasma que intentaba atacarla durante la gira.

Su vida era demasiado extraña para empezar a enloquecer por algo tan simple como que le gustara un chico, pero temía que, si iban mucho más allá en su naciente relación, todo lo que ella estaba sintiendo sería algo *como que* muy pronto.

Ella no caía fuerte y rápido. Eso nunca sucedía.

Pero tal vez nunca sucedía porque ninguna de las personas con las que había estado antes era Andre.

«Pareces seria», dijo Andre, pasando el pulgar por su mano y enviando escalofríos por su brazo.

«Sólo pensaba», dijo ella con una sonrisa segura; ella no sabía lo que estaba lista para revelar todavía.

«¿Quieres compartirlo?».

Podría haberlo hecho si el mesero no hubiera llegado con platos cargados de comida. No estaba segura de cómo Andre podía comer tanto, pero aparentemente los hombres lobo tenían un metabolismo mágico y ella solo miraba con asombro horrorizado mientras comía dos desayunos completos.

Su pila de waffles era tan deliciosa como se veía en Instagram, y tal vez no pasaría tanto tiempo viendo comer a Andre mientras podía tomarse su tiempo para devorar su comida.

Puso a la gente y las cámaras de sus teléfonos celulares fuera de su mente. Estaba desayunando con un amigo. Tal vez un novio. ¿Y qué?

No era realmente tan interesante, y ella no estaba dispuesta a darles una historia.

En cambio, estaba decidida a disfrutar de su mañana con Andre.

Después de que terminaron de comer, esperaron y tomaron una taza de café extra. Y después de eso, dieron un paseo. La ciudad en la que se encontraban tenía un hermoso parque en el centro con un sendero muy sombreado por árboles que amortiguaban los sonidos de la ciudad y les permitían imaginar que estaban en un lugar libre de todas las molestias de la vida moderna.

Ella y Andre se tomaron de la mano mientras caminaban y fue agradable.

Tan agradable que temía acostumbrarse. Si lo hacía, su corazón podría romperse. Una vez que la bestia de las sombras se hubiera marchado, Andre no tendría excusa para quedarse. No, a menos que se arriesgara y le pidiera que se quedara, por aterrador que fuera ese pensamiento.

Tenía la sensación de que Andre podría valer la pena el riesgo.

Pero eventualmente su mañana tuvo que llegar a su fin. Se esperaba que regresara para una entrevista en menos de una hora y necesitaba prepararse. Y Andre probablemente necesitaba hablar con Vi para que pudieran idear un plan para defender a Em mientras ella subía al escenario y cantaba con todo su corazón.

Pararon un taxi para regresar al hotel, y antes de que ella y Andre pudieran comenzar a hablar, sonó su teléfono, la identificación indicaba que era de su gerente.

«Hola. ¿Qué tal?». No recibía muchas llamadas de la gerencia, especialmente cuando no estaban en negociaciones de contrato, planificando una gira o un álbum.

«¿Necesito que la gente de relaciones públicas se encargue de esto?», preguntó su gerente.

«¿De qué?». Por un horrible segundo, se preguntó si la bestia de las sombras habría aparecido en las fotos de los fans.

Pero su gerente no mencionó nada al respecto. «Este chico con el que estás. ¿De qué se trata todo eso? Sabes que necesito saber si estás a punto de empezar a salir con alguien».

Em estalló en carcajadas.

«¿Que es tan gracioso?», preguntó su gerente.

Pero Em no pudo encontrar una respuesta coherente. Se las arregló para jadear una promesa de devolverle la llamada y luego apagó el timbre de su teléfono y se lo volvió a meter en el bolsillo. Era un problema tan mundano que Em no podía dedicar más pensamiento a ello.

Deseaba que el mayor problema fuera que el mundo se enterara de su novio antes de que ella estuviera lista para decirlo.

Prefería eso a un hombre lobo fantasma cualquier día.

29

EL CONCIERTO DE ESA NOCHE SE SINTIÓ UN POCO DIFERENTE a los otros en los que Andre había estado presente. Para empezar, estaba recibiendo más y más miradas del equipo, mientras se preguntaban quién era él exactamente para Em. Las fotos de esa mañana solo habían agregado más leña al fuego, pero no se iba a preocupar por eso todavía. Su propia manada ya le había enviado media docena de mensajes de texto llenos de emojis, gifs y chistes que habría maldecido si hubiera estado con ellos en lugar de haberlos visto por mensaje de texto.

Rowe lo llamó y le preguntó cuál era la verdadera razón por la que no quería refuerzos. Andre solo había gruñido.

Pero todo era muy divertido. Si regresaba de este trabajo emparejado con Em, entonces sabría que la manada la aceptaría. La falta de aceptación no lo habría detenido, pero era un obstáculo del que no tenía que preocuparse.

Tenía que dejar todo eso fuera de su mente. La verdadera razón por la que esta noche se sentía diferente a las demás era que tenía una idea de lo que estaba buscando y un aliado en Vi. Habían dividido sus funciones para el comienzo del programa y planeaban intercambiar roles a la mitad. Por ahora, Andre estaba viendo a Em y al resto de su banda interpretar las canciones que la habían convertido en una estrella. Tal como ella le había sugerido, él había encontrado unos tapones para los oídos que hacían mucho más llevadero estar tan cerca de los altavoces.

No le gustaba que estuviera cortando uno de sus sentidos, pero dado el zumbido de los altavoces, era una necesidad. Y cuantas más veces asistía a estos conciertos, más se acostumbraba a la sobrecarga sensorial.

A su lobo no le gustaba. Su lobo tendría que aguantarse.

A la mitad del espectáculo, Vi se acercó y se paró a su lado mientras observaban a Em terminar uno de sus números. Aquí había sido donde la última vez habían tenido problemas. La banda salió del escenario y vio al guitarrista ser llamado por uno de los cantantes de respaldo, entablando una conversación cuando parecía que estaba a punto de escabullirse al baño o algo así. Las luces se apagaron y los sentidos de Andre se pusieron en alerta máxima.

¿Estaba la bestia esperando para atacar a Em?

¿Estaba acechando en las sombras?

No percibía nada.

Hubo un zumbido sordo proveniente de Vi, y rápidamente Andre se dio cuenta de que era magia. Estaba usando esos sentidos para averiguar si la bestia se encontraba en el lugar.

Andre estaba listo para entrar en acción. Esta vez atacaría como un hombre, no como un lobo. Eso sería, si lo necesitaba.

Las luces siguieron a Em mientras caminaba por el escenario, y no dio ninguna indicación de que tuviera miedo de un ataque mágico.

La canción llegó a su fin y las luces se apagaron por un momento mientras la banda regresaba corriendo al escenario. Y luego las luces volvieron a encenderse y pasaron a la siguiente canción.

«No percibí nada», dijo Vi. Estaba mirando entre bastidores como si intentara descifrar la variable que había detenido un ataque.

«Yo tampoco», respondió Andre, incómodo con la insatisfacción que lo atravesaba. «¿Pero no es muy raro? Tal vez quien lo hizo tuvo la oportunidad la última vez. Una oportunidad que no se le presentó ahora».

Vi lo consideró con los labios fruncidos y una ceja levantada. «Ahora me encargo del escenario principal. No encontré nada tras bastidores. Tal vez tu nariz sea más útil».

Andre la dejó sola. Según Vi, quienquiera que controlara a la bestia de las sombras necesitaría un altar o algo así para canalizar su poder. Y dado que asumían que quienquiera que estuviera detrás de los ataques era un miembro del equipo, también asumían que el altar estaría en algún lugar detrás del escenario.

Andre imaginó algo enorme hecho de obsidiana y cubierto con velas de cera roja derretida. Afortunadamente, Vi le había dicho qué buscar. Era más probable que fuera algo pequeño, algo portátil que el agresor pudiera montar en cuestión de minutos.

Vi había usado sus sentidos mágicos para tratar de encontrarlo, pero ahora Andre usaría su olfato. Todo lo que sabía era que la bestia de las sombras no olía a nada. Así que estaba al acecho de una ausencia de olor. Era algo extraño de buscar, pero era todo lo que Andre tenía para continuar.

Empezó a acercarse al escenario y trató de no parecer sospechoso. Había todo tipo de personal trabajando para asegurarse de que el espectáculo transcurriera sin problemas. Tenía que mantenerse fuera de su camino antes de que comenzaran a pensar que estaba causando algún tipo de problema.

Recorrió un pasillo y luego otro, probando puertas y encontrando armarios de servicios públicos y vestidores, todos los cuales parecían estar utilizados para su propósito normal.

Pensó que había descubierto algo en el tercer armario de servicios, pero los sonidos que escuchó provenientes del interior eran de dos miembros del personal robándose un momento íntimo, y decidió no abrir la puerta.

No necesitaban ser atrapados, y él no necesitaba ver a dos extraños follando.

Su nariz no le indicaba nada, y finalmente regresó detrás del escenario sin más éxito del que había tenido Vi.

«¿Tuviste suerte?», ella preguntó.

Andre se limitó a negar con la cabeza.

«Tal vez lo asustaste la última vez. Tal vez no esperaba que su creación fuera atacada».

«O tal vez está demasiado ocupado esta noche. ¿Puedes hacer más...», Andre miró a las personas que estaban cerca de ellos, «... de tus cosas y ver si puedes averiguar algo?».

Vi extendió los dedos y brillaron débilmente en un espectáculo de magia innecesario. «Ya estoy planificándolo. Digo que por ahora tomemos esto como una buena señal. Esta noche pondré las mismas protecciones en su suite. Solo alégrate de tener un respiro».

Andre no podía sentirse feliz. No pensaba que esto fuera un respiro. Esta sería la calma antes de la tormenta.

30

Pasó una semana y media, y cuando llegaron a Chicago, Em realmente quería creer que la bestia de las sombras se había marchado. No había habido ataques desde esa noche en el escenario, y ni Andre ni Vi habían logrado captar la vista o la firma mágica del monstruo.

Eso debería haber hecho feliz a Em. Ella no *quería* exactamente ser atacada por una criatura mágica. Pero si determinaban que realmente se había ido, entonces tal vez Andre también se iría.

Ella no quería eso en absoluto.

Durante la última semana y media, ella y Andre se habían acercado más y más. No podían quitarse las manos de encima, y en más de una ocasión alguien casi los sorprendió en una posición comprometedora mientras se besaban en el vestidor de ella.

No era su culpa que su regazo fuera tan cómodo. Especialmente cuando se trataba de besarlo.

Afortunadamente, nadie de la prensa había logrado colarse y tomar fotos comprometedoras.

No sabía cómo se suponía que debía sentirse el vínculo de pareja. Vi no había dado más información y Stasia no había querido decir mucho al respecto cada vez que Em se lo había preguntado.

El vínculo de pareja no importaba en lo que a ella concernía. Sus sentimientos eran reales. E intensos.

¿Era eso algo bueno? No estaba segura de cómo se suponía que debía pensar sobre el destino atrayéndola hacia otra persona. Pero no se sentía como si alguna fuerza de otro mundo estuviera controlando su relación. De hecho, nunca nada había sido más natural que lo que sentía con Andre.

Y ella no quería que él se alejara una vez que estuvieran seguros de que la bestia de las sombras se había ido.

Tampoco sabía si podía pedirle que se quedara. Tenía un trabajo en Nueva York. Todavía le quedaban meses en esta gira. Si admitían en qué se estaban convirtiendo el uno al otro, ¿cómo sobreviviría si ambos tuvieran que alejarse durante meses?

Otras parejas manejaban bien la larga distancia. Y sabía que podía manejar separaciones cortas. Era una mujer adulta con vida propia. No necesitaba a Andre con ella cada hora del día.

Pero una cuestión de semanas era diferente a una cuestión de meses.

Se estaba adelantando a sí misma. No habían hablado de emociones. Había habido miradas cargadas y besos intensos. Y nunca olvidaría lo que se sentía al tener a Andre dentro de ella.

Pero no habían dicho nada sobre el futuro.

Supuso que Andre podría estar con ella simplemente porque era conveniente. Su atracción era excitante y ardía brillantemente. Si se alejaban el uno del otro, podría apagarse.

Pero Em no creía que ese fuera el caso. No eran un incendio forestal que ardía en el bosque y la ciudad y que, eventualmente, se convertiría en brasas. Eran más como el sol, una bola de fuego que tardaría miles de millones de años en extinguirse.

E incluso entonces, todavía dudaba que alguna vez pudieran apagarse.

Había sido rápido e intenso. Demasiado para realmente poder reflexionar sobre ello. Pero no podía hacer nada más que considerarlo cuando Andre estaba cerca de ella todo el tiempo.

Se habían escabullido por un rato y por el momento estaban durmiendo la siesta después de haber hecho el amor por la tarde. Era tan perfecto que Em quería capturar este momento para no olvidarlo nunca.

Los labios de Andre rozaron su estómago y él la miró desde donde estaba acostado con la cabeza en su regazo. «¿No se suponía que debías estar durmiendo?», preguntó, su voz era ronca e íntima.

«¿Crees que eso fue suficiente para cansarme?», bromeó, su sonrisa cada vez más amplia mientras el deseo oscurecía los ojos de Andre.

«Te mostraré el agotamiento», medio amenazó, medio prometió.

Em se inclinó y lo besó.

Media hora después, sudoroso, Andre se levantó de la cama, su cuerpo irradiaba satisfacción. «Necesito ir a patrullar antes de tu show. La bestia podría estar al acecho».

Quería tentarlo para que se quedara unas horas más. O al menos *una* hora. Finalmente, Darlene vendría a buscarla, o Melinda o cualquier otra persona que tuviera algún tipo de responsabilidad sobre su tiempo. Pero tampoco mencionó que la bestia no había atacado en más de una semana. Andre lo sabía tan bien como ella. Y hablar de eso podría romper el hechizo de lo que estaba pasando entre ellos.

«Mantente segura», le dijo ella mientras se ponía la ropa y se preparaba para la batalla.

Andre se inclinó y le dio un beso completo. «Ese es tu trabajo. Deja que yo me asegure de que te mantengas a salvo».

«Supongo que es por eso que estás aquí». Ella no había querido mencionarlo. Todavía no quería tener esta conversación.

Y no pudo entender la mirada que cruzó el rostro de Andre.

Él la besó de nuevo, aún más fuerte esta vez. Si era valiente, podría leer algo en lo que estaba sintiendo por el beso. Podía imaginar que Andre estaba tratando de decirle algo. Pero él se apartó y no dijo nada.

«Llama a Vi y dile que vuelva a poner las protecciones en la habitación si vas a quedarte aquí por un tiempo. De lo contrario, te veré detrás del escenario».

Se fue y Em volvió a hundirse en la cama.

Escuchó la puerta abrirse y cerrarse cuando Andre la dejó sola, y miró hacia la mesita de noche donde su teléfono estaba sentado tan inofensivamente. Él estaba en lo correcto. Debería llamar a Vi. La mayoría de las veces, Vi solo ponía las protecciones alrededor de la suite de Andre y ella cuando pasaban la noche. Las protecciones desaparecían todas las mañanas cuando ambos salían de la habitación. Y dado que ella y Andre habían regresado a hurtadillas a su habitación para disfrutar de su deleite vespertino, eso significaba que habían permanecido sin protección.

No completamente desprotegida. Siempre se sentía segura cuando Andre estaba cerca.

Pero ya no estaba.

Alcanzó el teléfono y gimió cuando vio que su batería se había agotado.

Estúpida. Estúpida. Pero ella y Andre se habían ido a la cama en el momento en que la puerta se cerró detrás de ellos la noche anterior. Y ella había estado un poco distraída y se había olvidado de enchufar su teléfono.

Y luego lo había olvidado esta mañana. No necesitaba que la gente la molestara.

Em se levantó de la cama, encontró su cargador y enchufó el teléfono. Tenía un cargador portátil en alguna parte y tendría que llevarlo a su vestidor, pero al menos tenía tiempo para darse una ducha. Probablemente estaría lo suficientemente segura.

Y lo que Andre no supiera no lo preocuparía.

Dejó que el agua empapara sus huesos en la ducha. El rocío caliente fue la segunda mejor sensación que había tenido en todo el día. Y se tomó más tiempo del necesario.

Pero finalmente tenía que salir y comenzar a prepararse para el espectáculo de esa noche.

Estaba a medio vestir cuando escuchó que algo caía al suelo en la otra habitación.

«¿Andre?», ella gritó. Por lo general, no era tan torpe, pero era la única persona que tenía la llave de su habitación.

Él no contestó y un poco de aprensión la atravesó.

Em se deslizó hacia su teléfono y agradeció ver que tenía suficiente batería para poder llamar a Vi.

Algo más se escuchó en la otra habitación y Em no volvió a llamar. Ese no era Andre.

O había una persona en la suite, o era la bestia de las sombras. Encendió todas las luces del dormitorio y cerró la puerta con llave, como si eso fuera a impedir que entrara una creación mágica.

Luego marcó el número de Vi.

Pero antes de que pudiera decir una palabra, la bestia irrumpió por la puerta como un fantasma moviéndose a través de las paredes, y el dolor la atravesó mientras atacaba.

31

En el pasillo, Andre se encontró con el guitarrista de Em, uno de los coristas y un miembro del equipo que salían del ascensor. Se dio cuenta de que, si quería quedarse, probablemente necesitaba empezar a aprenderse los nombres.

Intercambiaron saludos con la cabeza, y luego Andre subió al ascensor y se dirigió a la planta baja. Consideró llamar a Vi. No le gustaba dejar a Em sola en la habitación sin el hechizo de protección, pero se lo había mencionado a Em y tenía que confiar en ella.

Además, había pasado una semana y media desde cualquier tipo de ataque. Tal vez la bestia se había asustado por la unión de él y Vi. Tal vez la bestia se había ido.

O tal vez estaba esperando su momento.

Andre no estaba convencido de que se hubiera ido.

Y no era solo porque quería aferrarse a tener una razón para permanecer al lado de Em.

La inquietud comenzó a inundarlo mientras continuaba dirigiéndose hacia la sala del concierto. Quería darse la vuelta y volver corriendo hacia Em. Su lobo lo sacudió con tanta fuerza que Andre tuvo que dejar de caminar por un segundo. Insistió en que algo andaba mal con su pareja.

Pero Em no era su pareja. Aún no. Él no la había reclamado. Y todavía no le había preguntado a Vi qué significaba realmente aparearse.

Pero Em sería suya. Si ella lo permitía.

Siguió adelante. Quería tener una idea de las condiciones de este lugar antes del espectáculo que se presentaría más tarde esa noche. Era mejor hacerlo mientras las cosas aún seguían en preparación. Pero el lobo de Andre todavía estaba inquieto.

Trató de convencerlo de que vería a Em más tarde y que todo estaría bien.

Su lobo no le creyó.

Sólo unos minutos después, Andre sintió como si le clavaran garras en el pecho, y se sobresaltó. Miró hacia abajo, su mano viajó para capturar toda la sangre que no caía de él.

Él no era el que resultaba herido.

Em.

Él no era psíquico. Era sólo un hombre lobo normal, lo que fuera que eso significara. Pero estaba seguro de que Em estaba en peligro y necesitaba llegar a ella.

Andre salió corriendo hacia la habitación. Algunos miembros del equipo le gritaron, pero Andre los ignoró.

Pulsó el botón varias veces para llamar al ascensor, y pareció tardar una eternidad. Con una maldición, Andre corrió hacia el hueco de la escalera y subió a la vieja usanza. Ni siquiera estaba sin aliento cuando llegó al decimocuarto piso. Irrumpió en el pasillo dispuesto a enfrentar cualquier amenaza, pero no había nada fuera de lugar. Nadie estaba allí al borde del ataque.

Corrió el resto del camino hacia la habitación y se sorprendió al encontrar a Vi parada afuera; tenía sus manos brillando con magia mientras intentaba usar sus poderes para abrir la puerta.

Las manos de Andre temblaban cuando sacó su tarjeta de acceso y la abrió para ella. No preguntó por qué estaba allí. Tal vez era por algún sentido mágico. Tal vez algo había sucedido mientras Em la llamaba para reiniciar el hechizo.

Pero era malo. Andre sabía que era malo.

Tan pronto como la puerta estuvo abierta, el olor metálico de la sangre asaltó sus sentidos. Encontró a Em en el suelo del dormitorio, con un charco de sangre de color rojo oscuro a su alrededor, empapando su toalla que alguna vez había sido blanca y ahora era completamente roja. Estaba mortalmente pálida, y su cabello rubio ahora se veía castaño rojizo por toda la sangre que lo rodeaba.

Todavía estaba jadeando y Andre apretó su mano, sin saber dónde más tocarla. Ella estaba al borde de la muerte, podía decirlo. Y no podía oler ningún olor a excepción de su propia sangre. Era una señal segura de que la bestia había sido la que la había atacado.

Miró a Vi. «¿Puedes curarla? ¿Hacer un poco de magia?». No sabía de qué tipo de magia era capaz Vi, pero era todo lo que podía pensar que podría salvar a Em.

Ninguna ambulancia llegaría a tiempo. Ningún hospital estaba lo suficientemente cerca.

Vi había perdido el color y su boca se abría y cerraba varias veces como si no pudiera pronunciar las palabras. Parecía que estaba a punto de vomitar.

«Contrólate», ordenó Andre con la misma voz que habría usado con un nuevo recluta. «Ella te necesita».

«No puedo», jadeó Vi. «No soy una sanadora. Yo no...». Se derrumbó sobre sus rodillas. Pero ella no estaba inconsciente. Tomó dos respiraciones para tranquilizarse, no es que hubiera mucho que hacer cuando la habitación olía tanto a sangre.

El lobo de Andre gimió en su cabeza. No podía terminar así. Nunca se perdonaría si ella moría porque la había dejado sola durante diez minutos.

«Puedes salvarla», dijo Vi, estirando la mano y agarrando su brazo. «Tal vez. Espero».

«¿Cómo?». Si en este momento ella convocara a un

demonio y pidiera hacer un trato, lo haría en un santiamén.

Pero eso no era lo que Vi proponía. Algo de su compostura pareció regresar. «Si la conviertes en mujer lobo, sus heridas deberían sanar. Tal vez. Puedo acelerar el cambio con mi magia. Es nuestra única oportunidad».

Funcionaría. Tenía que funcionar. Pero justo antes de que Andre se transformara, pasó su mano por la mejilla de Em. Él no podía tomar esta decisión. Y no quería que ella se arrepintiera. «Em, Em. Despierta».

Ella gimió, y el sonido le rompió el corazón. Pero sus ojos se abrieron. Todavía estaban llenos de vida y dolor.

«Puedo ayudarte», dijo Andre. «Pero vas a ser como yo. ¿Es eso lo que quieres?». No sabía qué haría, cómo sobreviviría si ella decía que no.

Em parpadeó dos veces y luego volvió a perder el conocimiento.

No había sido un no.

No se permitió pensar en cómo tampoco podía ser un sí.

Andre se desnudó rápidamente y se transformó en un lobo más rápido que nunca en su vida.

Sabía que no importaba dónde la mordiera. Y no quería causarle más dolor. Así que tiró de su brazo suavemente y sintió que sus colmillos rompían la piel.

Se le pusieron los pelos de punta cuando Vi

comenzó a realizar su magia, y Andre no se apartó. Esto tenía que funcionar.

Eventualmente, la magia se volvió demasiado fuerte y Andre retrocedió, volviendo a su forma humana sin un pensamiento consciente.

Observó las heridas de Em, buscando la señal de que estaban comenzando a cerrarse, de que ella se estaba curando.

No podía estar seguro. Y el olor a sangre a su alrededor lo desorientaba.

Entonces los ojos de Em se abrieron de golpe y gritó.

32

EL DOLOR QUE ATRAVESÓ A EM NO SE PARECÍA A NADA QUE hubiera experimentado antes. Su sangre estaba ardiendo, y haría casi cualquier cosa para detenerlo. Y luego, sintió que la luz se hundía en sus venas y ahuyentaba el fuego.

El alivio no llegó rápido. Sus huesos crujían y se transformaban, y su mente se quedó en blanco, incapaz de manejar lo que le estaba pasando.

Ella se dejó llevar. Podría haber sido un minuto o un mes, pero finalmente sintió una presencia familiar a su lado.

Andre. Sus dedos acariciaron su pelaje y ella lo escuchó murmurar palabras de aliento, aunque no pudo entender lo que estaba tratando de decir.

Un momento. ¿Su pelaje?

Em trató de ponerse de pie, pero cuando trató de levantarse sobre sus piernas, descubrió que tenía cuatro en lugar de dos y cayó al suelo, dejando escapar un breve ladrido de frustración.

Pelo.

Ladrido.

¿Qué estaba pasando?

Intentó hablar, pero en su lugar salió como un gemido. La habitación olía raro. No. No raro. Simplemente olía más. Más de lo que había sido capaz de oler cuando acababa de ser humana.

Porque se estaba volviendo muy claro que ya no era humana.

¿Era esto un sueño? ¿Una pesadilla? Se sentía más real que cualquier cosa.

Reconoció el olor de Andre de inmediato y la calmó como ninguna otra cosa. Había otro olor también. Tipo ahumado y cortado con electricidad. Vi. La bruja.

Andre siguió acariciándola y se sentía bien, pero sus palabras no significaban nada para sus oídos. No sabía si eso era cosa de hombres lobo o si era cosa suya. Pero ella quería volver a ser humana. Quería saber qué estaba diciendo.

Tensó los músculos y se levantó sobre sus patas traseras, tratando de obligarse a sí misma a volver a ser humana.

No funcionaba exactamente.

Pero Andre la ayudó a levantarse y se acercó mucho a ella, y esta vez sus palabras comenzaron a tener un poco de sentido.

«Concéntrate en ti misma», dijo. Sus palabras

todavía sonaban como si vinieran de muy lejos, incluso cuando los sonidos eran casi demasiado fuertes para sus oídos extra sensibles. «Imagínalo. Mantén tu cuerpo humano en tu mente y sácalo. Puedes hacerlo».

Era más fácil decirlo que hacerlo cuando su olor embriagador estaba justo allí. Y Em tendría palabras para él cuando esto terminara.

Pero ella sabía cómo se veía. Ella sabía quién era. Y podía convocar esas ideas con un pensamiento.

Al menos, en teoría, podría hacerlo.

Al principio pensó que lo estaba haciendo, pero luego algo dentro de ella se quebró y Em perdió el enfoque en lo que estaba tratando de hacer ante la punzada aguda de dolor.

¿Dolía todas las veces? Quería preguntarle a Andre. Pero no podía hacer eso hasta que tuviera cuerdas vocales humanas. Todo lo que pudo lograr fue emitir un gemido canino.

Lo intentó de nuevo. Estaba esperando el primer crujido de huesos cuando se produjo, pero luego algo se partió justo después.

Si Em hubiera podido decir algo, habría estado maldiciendo durante la transformación.

Y cuando Andre hizo sonidos de aliento, ella le chasqueó los dientes. Ella no quería ningún estímulo en ese momento. Quería que esto terminara.

Em respiró hondo a través de su hocico lobuno y lo intentó, ignorando todo el dolor. Era como hacer un ensayo después de horas y horas de práctica, sus pies casi sangraban y sus pulmones estaban listos para fallar por el esfuerzo. Pero necesitaba terminar el ensayo, y esta vez necesitaba terminar el cambio.

Tomó tiempo. No estaba segura de cuánto, pero eventualmente estaba desnuda y humana y sentada en el regazo de Andre.

No le importaba que Vi estuviera ahí mismo mirándola. Y terminó siendo algo bueno un momento después cuando Vi le entregó una manta suave en la que podía envolverse.

«Estás bien, estás bien». Andre tenía sus brazos apretados alrededor de ella, y seguía diciéndolo, repitiéndolo más para sí mismo que para beneficio de ella.

Em estaba viva. Pero no se sentía segura de que estuviera bien.

«¿Qué está pasando? ¿Qué pasó?».

Los brazos de Andre se apretaron alrededor de ella. «La bestia te atacó. Lo que hicimos fue la única manera de salvarte». Parecía preocupado, como si ella estuviera a punto de alejarlo porque la había convertido en una mujer lobo.

Una risa inapropiada estalló en Em. Era como el estallido de una presa. ¿Se suponía que debía enojarse con Andre por salvarle la vida? Le tomaría un tiempo acostumbrarse a la cosa de ser una mujer lobo, eso era seguro. Pero su hermana lo había tomado como si nada, y Em no estaba dispuesta a dejar que Stasia la eclipsara. «Más tarde nos ocuparemos sobre lo de ser mujer lobo», dijo. «¿La bestia me atacó? ¿Cómo?».

«Las protecciones no estaban sobre tu habitación», dijo Vi, y había un dejo de censura en su voz. Debió haber aprovechado la oportunidad.

Y eso era culpa de Em. Debería haber llamado a Vi inmediatamente después de que Andre saliera de la habitación. Ahora que estaba consciente de nuevo, estaba recordando todo lo que había sucedido. «¿Cuánto tiempo ha pasado?». Extendió la mano y sus dedos aterrizaron en algo pegajoso. Su nueva nariz de hombre lobo supo exactamente lo que era antes de que levantara sus dedos y mirara el líquido rojo que se adhería a ellos.

Sangre.

Su sangre.

«Dos horas», dijo Andre. «Te atacó hace dos horas. Le dije a Melinda que tenías una intoxicación por alimentos. El concierto de esta noche se cancela».

Em se dio la vuelta para mirarlo. «¿Qué? ¡No! Tengo que continuar». Trató de zafarse de su abrazo, pero incluso esa pequeña lucha hizo que sus extremidades temblaran por el agotamiento. Apenas podía mantenerse en pie. No había forma de que pudiera actuar.

«Casi mueres», respondió Andre. Y sonaba tan vulnerable que Em tuvo que envolver su brazo alrededor de él y devolverle algo del consuelo que él le estaba dando a ella.

«Pero no lo hice. Y tal vez tengas razón sobre el concierto. Por esta noche».

Andre besó su mejilla. Y si Vi no estuviera allí, le habría mostrado exactamente lo agradecida que estaba por haberle salvado la vida.

Em miró a la bruja y entrecerró los ojos ante la expresión calculadora de la mujer. «¿Qué estás pensando?».

Vi sonrió. «Tengo una idea sobre cómo podemos detener a la bestia de las sombras».

33

Em estaba lista para atacar a la bestia de las sombras ahora mismo. Sin esperar. Simplemente corriendo directamente hacia el peligro. Desafortunadamente, Vi todavía tenía que hacer algunos preparativos antes de que pudieran hacer su movimiento. Dejó a Em y Andre solos en su habitación con las protecciones puestas y la seguridad de que la bestia de las sombras no podría llegar a ellos.

Em volvió a mirar el charco de sangre en el suelo y se estremeció. Ella debió haber hecho algún ruido.

«Deja que me encargue de eso», dijo Vi antes de irse a hacer sus preparativos mágicos. Murmuró algo que Em no pudo entender y apuntó con sus manos mágicamente brillantes, hacia el charco de sangre aterradoramente grande. Al principio, no pasó nada, y luego pareció encogerse sobre sí mismo hasta que no quedó nada.

Ni siquiera una mancha en la alfombra de color claro.

Eso fue casi más impresionante que cualquier magia que estuviera impulsando a la bestia de las sombras. Em, al menos, podría ver un uso para algo así. Parecía que sería mejor que pasar la aspiradora cualquier día.

«¿Estarán bien si los dejo solos?», Vi preguntó con una mirada de preocupación en su rostro.

Em probablemente debería sentirse exhausta, pero su cuerpo vibraba con energía y tenía a Andre a su lado. En absoluto estaría sola. Y asintió. «Vamos a estar bien».

Andre respiró hondo y no dijo nada. Ella colocó su mano sobre su pierna, conectándolo a su presencia para decirle que estaría bien.

Ella lo esperaba.

Vi los dejó solos, y sólo tomó otro minuto para que la realidad se derrumbara sobre ella.

«Mierda». Ella era una mujer lobo. Casi había muerto. Y si no fuera por Andre, lo habría hecho. «Me salvaste la vida».

«Ese es mi trabajo». Él acurrucó su cabeza contra ella, y Em supo con certeza que no estaba haciendo nada solo porque era su trabajo.

Pero ella no podía soportar más la suposición. «¿Por qué estás aquí?».

«Sabes por qué», dijo, como si fuera la cosa más fácil del mundo. «Tú me contrataste».

Ella no quería esa explicación. No era suficiente. «Ahora no es el momento para juegos, Andre».

Él envolvió sus brazos alrededor de ella. «No podría alejarme, aunque quisiera. Y no quiero. Eres mi pareja».

Pareja. Esa palabra había estado flotando fuera de sus interacciones durante más de una semana. Em sabía que era la verdad en lo más profundo de sus huesos. No cambiaba nada entre ellos. Todo lo que sentía provenía de lo más profundo de su corazón, y no necesitaba fe para agregar algún tipo de capa adicional para hacerlo bien.

Levantó una mano y ahuecó la mejilla de Andre, pero trató de retirarse cuando se dio cuenta de que lo estaba untando con su propia sangre.

Andre se estiró y tomó su mano. «No me molesta».

«No necesitamos este recordatorio». No quería estar con él cubierta con su propia sangre. Estaba bien ahora, pero apenas. Y necesitaba que él supiera que las cosas iban a estar bien.

Se levantaron y Em lo llevó al baño, donde ambos se quitaron la ropa y ella abrió el agua de la ducha.

La ducha en el baño principal de su suite era algo de lo que estaban hechas las fantasías pornográficas, pero durante los primeros minutos, mientras estaban bajo el agua y dejaban que la sangre se lavara, los pensamientos sobre pornografía, sexo y cualquier otra cosa estaban lejos de la mente de Em.

Y luego empezó a sentirse limpia, y pensamientos sucios se entrometieron.

No. No se entrometieron.

Ella les daba la bienvenida.

Pasó las manos jabonosas sobre el cuerpo en forma de Andre, sus dedos trazaron las líneas definidas de sus músculos y se alegró cuando él se estremeció contra ella. Si miraba más abajo, vería su polla hincharse, y se le hizo agua la boca ante la idea.

Los giró para que Andre estuviera de pie directamente debajo del agua, y ella estaba un poco fuera del agua cuando cayó de rodillas, sin importarle el suelo de baldosas. El calor del agua de alguna manera parecía proteger la dureza de las baldosas.

«Em...». Lo que sea que iba a decir fue interrumpido cuando ella lamió un amplio golpe a través de su polla. Él gimió y extendió una mano para sostenerse mientras su otra mano parecía atraída magnéticamente por su cabeza. La apoyó con cuidado en su cabello, sin obligarla a hacer nada, pero sin apartarla. Quería que sus dedos la aferraran con despreocupado abandono, y mientras lo lamía de nuevo, supo que él se estaba acercando.

Ya estaba duro. Y se sintió poderosa donde estaba, sintiendo la forma en que su cuerpo respondía a ella y disfrutaba el sabor limpio y masculino de su carne.

Ella lo tomó en su boca y chupó, y finalmente los dedos de Andre se clavaron en su cabello y se aferró a ella como si fuera su vida. Si hubiera podido sonreír alrededor de su polla, lo habría hecho. Pero ella centró su atención en darle todo el placer que él le había dado a ella y algo más.

No era una competencia. No exactamente.

Pero ella todavía quería ganar.

Andre empujó contra ella, y si no lo hubiera esperado, se habría atragantado. No podía llamarse a sí misma exactamente una experta en hacer mamadas, pero cuando se trataba de Andre, se convertiría en una maldita profesional.

Y fue entonces cuando recordó que tenía manos y las usó para ayudarse, acariciando donde su boca no podía llegar y dándole la presión que necesitaba.

Jadeó su nombre, y podría haber sido un rezo.

Su cuerpo ardía de deseo, aunque no se había tocado en absoluto. Se habría agachado para acariciar su sexo húmedo, pero estaba un poco preocupada de que las baldosas resbaladizas del suelo la vieran deslizarse de rodillas y caer sobre su trasero.

No sería exactamente algo sexy.

Chupó aún más fuerte, y estaba segura de que tenía a Andre al límite. Los gritos roncos que salían de su boca se hicieron aún más desesperados al igual que la forma en que empujó contra ella.

Pero el hombre tenía más autocontrol del que debería y se alejó casi con un jadeo de dolor.

«Es mi turno».

34

Andre estaba a punto de correrse, y si no tomaba el control de la situación, terminaría antes de que comenzara. Si hubieran tenido toda la noche, se habría deleitado con el placer, sabiendo que tenía tiempo para recuperarse y llevar a su pareja a las alturas del deseo una y otra vez.

Pero no tenían toda la noche. Un plan estaba en marcha, y estos eran momentos robados antes de que llegara el peligro.

Cerró el grifo y ayudó a Em a ponerse de pie.

Tenía los labios hinchados y él no pudo evitar besarla. ¿Por qué lo haría? Porque era todo lo que quería en este mundo.

Él la apoyó contra la pared de la ducha y apretó su cuerpo contra el de ella. Sus labios se movieron juntos, y su cuerpo empujó contra su estómago. No fue suficiente presión. Pero estuvo cerca. Y si no tenía cuidado, todavía estaba en peligro de correrse.

Andre se separó de nuevo. La habitación se estaba enfriando rápidamente a pesar del calor de la ducha, y no quería que su pareja temblara de frío. No cuando debería estar temblando de placer. Salieron de la suntuosa ducha y él le entregó una toalla y tomó una para él. Pero apenas la había envuelto a su alrededor cuando él la levantó y la acompañó a la cama gigantesca que compartían.

Todavía había un leve rastro de sangre en la habitación, a pesar de la magia de Vi. Pero el olor a limpio del jabón empezaba a dominarlo, junto con el olor de su pareja.

Andre gruñó de placer. Esto era lo que estaba destinado a ser.

Dejó a Em en la cama y su toalla se abrió, revelándole su forma desnuda.

Sí. Así.

Su cuerpo no cambiaba al convertirse en mujer lobo, aunque las heridas infligidas por la bestia de las sombras no eran más que cicatrices muy leves. Andre se arrodilló entre sus piernas y pasó sus labios por esas cicatrices, tratando de quitar el recuerdo del dolor.

No era suficiente. Nunca nada sería suficiente. Él había fallado en mantenerla a salvo.

Y como si su pareja sintiera la dirección de sus pensamientos, pasó los dedos por su cabello y tiró de él para poder besarlo.

Besarla era un placer en sí mismo. Podía perderse en la sensación de sus labios apretados y nunca desear más.

Al menos, no hasta que pensó en su polla y la sensación de su apretado calor envolviéndolo.

«Soy tu pareja», dijo Em entre besos.

Andre sólo gimió.

«Hazlo realidad». Era una exigencia.

Era una que Andre quería obedecer más de lo que quería respirar. Pero algo todavía lo hizo preguntar. «¿Estás segura?». Realmente no conocían las repercusiones. También eso era nuevo.

«Muérdeme antes de que te muerda yo», era su amenaza y una promesa, sus ojos brillaban con magia lobuna.

«Lo haré», dijo. Pero aún no. No hasta que estuvieran completamente unidos.

Andre se agachó y encontró el vértice del sexo de Em ya húmedo y listo para él. Él la preparó, sus dedos hurgando dentro mientras escuchaba sus gemidos.

Y luego se deslizó dentro de ella, con la mente en blanco por el placer mientras su apretado calor lo envolvía.

¿Era esto lo que significaba estar emparejado? ¿Este tipo de unión que de alguna manera se sentía más cerca que cualquier cosa que hubiera experimentado en su vida?

Andre no lo sabía. Pero estaba seguro de que Em

era para él. Pasara lo que pasara, ella era su pareja al igual que él era suyo, y no había vuelta atrás.

Él comenzó a moverse y ella se movió con él, apretando los dedos con fuerza, ahora lo suficientemente duro como para dejar moretones. Ella era más fuerte como mujer lobo y aprendería a controlar esa fuerza con el paso del tiempo, pero con gusto llevaría sus marcas donde quisiera dejarlas.

Podía sentir sus dientes cada vez más afilados. No sabía cómo funcionaba, o por qué podía invocar cosas mientras estaba en su forma humana cuando no podía hacerlo en ningún otro momento.

Ahora no era el momento de cuestionar las cosas.

Mientras se hundía profundamente dentro de ella y ella comenzaba a ondear a su alrededor, le hundió los dientes en el cuello y dejó su Marca. Probó su sangre, pero sólo por un minuto antes de alejarse.

Y cuando se apartó, se sorprendió al sentir los dientes de Em rozando contra él, y ella le devolvió el favor y le mordió el cuello, marcándolo por sí misma.

Llevó a Andre al límite y se vació dentro de ella.

Se derrumbaron sobre la cama, agotados y marcados por haber hecho el amor.

Andre apenas podía unir dos pensamientos, por lo que se sorprendió cuando Em habló. «¿Crees que el plan de Vi va a funcionar?».

Él no lo sabía. Pero se negó a dejar que la duda empañara el estado de ánimo. «Tiene que funcionar. Es la única manera de pasar una eternidad contigo».

35

«Va a funcionar, lo prometo», dijo Vi con el tipo de confianza en la que Em quería creer.

Pero sus manos temblaban mientras agarraba los dos viales que Vi había preparado. Todavía no podía entender completamente todo lo que había sucedido. Pensaba que antes ya había experimentado días llenos de acontecimientos. Pero no tenían nada que ver con *esto*.

Quería pasar los dedos por la cicatriz de su garganta y consolarse con lo que significaba, pero los viales en sus manos se lo impidieron. No importaba. Todavía sabía que la cicatriz estaba allí.

Había sido reclamada.

Por su pareja.

Andre estaba fuera de su vista, pero podía percibirlo, olerlo, sentirlo dentro de su corazón. Iba a costarle adaptarse, pero de la mejor manera. Em no sabía cómo tener una pareja, pero tratándose de Andre, estaría feliz de descubrirlo. Y tuvo la sensación de que él estaba justo allí con ella.

«¿Por qué no pudimos hacer esto antes?», ella preguntó. El lobo la había estado acechando durante casi dos semanas. Y Vi sabía del problema desde hacía más de una. Ahora, ella tenía un plan. Pero Em estaba un poco confundida acerca del momento. El lobo recién transformado de Em merodeaba bajo su piel y estaba desesperado por actuar.

Vi frunció los labios y miró al cielo por un momento. Fuera lo que fuera, no quería decirlo.

«Escúpelo», exigió Andre. Se paró detrás de ella, y su tono autoritario la hizo temblar. Pero habría tiempo para eso más tarde.

Vi lanzó un gran suspiro. «No estoy segura de que Em hubiera sobrevivido si se hubiera mantenido completamente humana».

Andre gruñó y cargó contra Vi, listo para saltar.

Pero la bruja hizo un poco de magia y el aire se espesó frente a ella. Andre corrió hacia él como si fuera una pared. Em se acercó y colocó una mano en la espalda de Andre para equilibrarlo.

«Explícate». Em no estaba enojada, todavía no. Pero tenía la sensación de que Andre necesitaba escuchar esto.

Vi miró a Andre durante varios segundos, con una

mirada desafiante en su rostro. Ella arqueó una ceja. El asintió. Ella dejó caer la magia y él ya no cargó más. «Vimos lo que la bestia podía hacerte. Cuando no estaba siendo violento contigo, pensé que teníamos tiempo. Pero las cosas se han intensificado. Y ahora deberías ser lo suficientemente fuerte para resistir el hechizo y cualquier ataque potencial».

«Pensé que dijiste que no atacaría esta vez», Andre vibró con energía molesta.

«Dije que no *debería*». Ella puso énfasis extra en la palabra. «Todo esto es nuevo para mí también. Ten fe. Un par de horas más, y todo esto habrá terminado».

¿Em tenía fe? No estaba segura. Pero definitivamente quería que todo terminara, y Vi era su única opción. «¿Y estás segura de que nadie va a estar allí?». Se habían tomado el tiempo de estudiar el diseño del hotel y habían identificado un lugar para acorralar a la bestia. Pero Em no quería arriesgar a ningún civil.

Vi hizo una mueca. «No puedo arriesgarme a poner ninguna magia para mantenerlos alejados. Eso podría alertar a la bestia. Pero creo que estamos bien. Reservé una sala para que tengas un tiempo de meditación tranquila. Y le hice saber al personal que no debes ser molestada. Es lo mejor que podemos hacer».

«¿Por qué no podemos convocarla de vuelta aquí en la habitación del hotel?». La había atacado una vez. Todavía podía recordar la sensación de las garras atacándola.

«Porque creo que tuvo suerte la primera vez. Vio una oportunidad y la aprovechó. Y es mucho más probable que se encuentre con gente aquí. Todo el mundo está dando vueltas desde que se canceló el concierto». La expresión de Vi se suavizó. «No tenemos que hacer esto hoy. Puedo poner las protecciones en tu habitación como de costumbre y podemos encontrar un mejor lugar. Tal vez afuera. Tú decides».

Pero si no hacían esto hoy, el lobo podría atacar de nuevo. Y tal vez comenzaría a atacar a personas que no fueran únicamente Em. Andre ya había sido dañado, y ella no quería que lo lastimaran de nuevo. Y si esto salía bien, no tendrían que preocuparse más.

Eso lo resolvió para Em. «Terminemos con esto».

Metió una poción en su bolsillo y apretó su mano alrededor del segundo vial, haciendo una mueca cuando lo olió.

Vi arrugó la nariz con simpatía. «Lo siento. No puedo exactamente agregar saborizantes. Elimina la química».

Em lo bebió como si fuera un trago y deseó tener un *chaser*, esas bebidas para después de tomarse un trago. «Terminemos con esto».

Cruzó corriendo el hotel hasta la habitación que Vi había reservado; no pasó mucho tiempo antes de que la poción hiciera efecto. El lugar estaba un poco apartado. Era un pequeño salón de baile que normalmente se usaba para reuniones corporativas o algo así. En ese momento no había mesas y las luces estaban tenues. Habría sido una buena habitación para una tranquila meditación. Pero no era por eso que Em estaba allí.

Empezó a sentir algo, la poción estaba surtiendo efecto. Se suponía que la convertiría en un faro para la bestia de las sombras, para atraerla hacia ella y apartarla de quienquiera que estuviera a cargo de su control.

Em se sintió expuesta. Andre y Vi estaban cerca. Si se concentraba en Andre, casi podría identificarlo a través de su vínculo de pareja. Pero tenía que concentrarse en llamar a la bestia de las sombras. Necesitaba acercársele.

Ella no quería que la lastimara. No quería volver a sentir un dolor así nunca más.

Su corazón latía más rápido, y estaba segura de que estaba cerca. ¿Quién la controlaba? ¿Por qué?

Ella lo sabría muy pronto. O al menos ella esperaba hacerlo.

Em respiró hondo y entonces vio al lobo cruzar la puerta.

Esta vez, no cargó contra ella rápidamente. Caminó con un paso reflexivo, acechando hasta la mitad de la habitación y luego deteniéndose para mirarla.

¿Sabría que algo andaba mal? ¿Sería capaz de ese tipo de análisis?

Vamos. Vamos. Necesitaba que estuviera más cerca. Vi le había dado instrucciones muy específicas y no podía hacer nada hasta que el lobo estuviera al alcance de la mano.

La segunda poción pesaba en su bolsillo. Los dedos de Em se cerraron alrededor del vial. Todavía no debía sacarlo. No sabía lo que estaría pensando el lobo, y no quería revelar que tenía un truco bajo la manga.

El lobo dio unos pasos más hacia ella. Pero todavía no estaba lo suficientemente cerca.

Ya casi. Em quería dar un paso hacia él. Pero ella no quería que se asustara y huyera.

Un paso más. Luego otro. Luego otro.

Ya casi estaba allí.

Y luego el lobo dio un paso final y estuvo lo suficientemente cerca.

Em sacó la poción de su bolsillo y arrojó el vial al suelo. El vidrio estalló y una columna de humo rojo se elevó a su alrededor.

La bestia de las sombras aulló cuando la poción la rodeó.

El aullido se hizo más fuerte y luego se interrumpió abruptamente, dejándole un zumbido en los oídos.

Y entonces, eso fue todo. La bestia se había ido.

Pero el humo no había desaparecido. Y una vez que hubo disuelto a la bestia, el humo se abrió camino hacia ella.

Vi no había dicho nada sobre esto.

Em agitó sus brazos como si estuviera tratando de alejar el humo, pero eso no sirvió de nada.

Y entonces ella lo inhaló. Le quemaba. Le dolían los pulmones mientras lo tragaba, pero no había nada que pudiera hacer para evitarlo. Lo tragó todo, y una vez que no quedó nada de humo rojo, se derrumbó en el suelo.

36

Andre pudo sentir el momento en que algo cambió dentro de Em a través de su vínculo de pareja. Él y Vi irrumpieron a través de la puerta del pequeño salón de baile para encontrar a Em poniéndose de pie, sus manos temblaban un poco y sus ojos brillaban con un azul imposible. «Sé dónde está». Pasó junto a ellos y avanzó por el pasillo.

Andre y Vi la siguieron. La bestia de la sombra no se veía por ninguna parte, pero eso era de esperar. Si la magia de Vi hubiera funcionado como debería, entonces la bestia se habría ido.

Pero, ¿qué le había hecho la magia a Em?

Había una preocupación en el fondo de la mente de Andre, pero no tenía tiempo de averiguar qué era. Una vez hecho esto, una vez que se hubiera ocupado de la bruja, descubriría lo que necesitaba Em y se lo proporcionaría.

Pero no ahora. Aún no.

Había muchos miembros del equipo dando vueltas por el hotel, y algunos de ellos debían haber visto a Em. Desmentiría la historia que Andre y Vi habían difundido acerca de que ella sufría una intoxicación alimentaria. Pero ese era otro tema para mañana.

Em se movía rápido, casi inhumanamente. Y Andre y Vi tuvieron que correr para seguirla.

Dobló otra esquina y se detuvo frente a la puerta, agitando las manos frente a ella hasta que la puerta se abrió como si una ráfaga de viento gigante la hubiera golpeado.

Eso era nuevo.

Y no tenía nada que ver con ser una mujer lobo.

«¡Ahí!». Em señaló en la habitación.

Vi entró primero. Estaban lidiando con una bruja, por lo que era ella la que necesitaba enfrentar el problema. Pero no había mucho por enfrentar.

Uno de los músicos de la banda de Em se había desplomado junto a una pequeña mesa con dos velas y una prenda de vestir que Andre habría apostado cien dólares que pertenecía a Em.

Miró al hombre por un momento. «Pensé que las brujas eran mujeres», dijo Andre.

Vi le lanzó una mirada extraña y sacudió levemente la cabeza. «No seas sexista».

¿Era sexista? No importaba. Andre simplemente archivó la información en su cabeza. Los hombres también podían ser brujos. Podía sentir a su lobo acechando bajo su piel, exigiendo que cambiara y le arrancara la garganta al hombre.

«¿Jerry?», Em dio dos pasos dentro de la habitación, pero no se acercó al músico. «Parecía tan agradable».

«Aparentemente estaba obsesionado contigo». Vi recogió un pequeño diario que se había caído al suelo y empezó a hojearlo. Había recortes de artículos de periódicos y fotos de revistas de Em. Había dibujos, notas y mucha información para mostrar cuán obsesionado había estado Jerry.

El lobo de Andre gruñó, y tuvo que flexionar todos los músculos de su cuerpo para evitar moverse. El hombre estaba inconsciente. Estaba fuera de combate. Y Andre no iba a lastimar a alguien que ya había caído.

«¿Qué hacemos con él?». No podían exactamente llamar a la policía. El diario era desconcertante, pero no ilegal. Y realmente no podían explicar que Jerry había usado magia para convocar a una bestia de las sombras para atacar a Em.

Pero Vi ya estaba arrodillada junto al hombre, sus manos brillaban mientras las agitaba sobre él. «Las brujas tienen formas de tratar con las personas que abusan de sus poderes», dijo. «Haré que alguien venga y se encargue de él». Se volvió hacia Em. «Ya no te molestará más».

Em cerró los ojos y asintió, y sus hombros se hundieron como si toda la tensión finalmente hubiera abandonado su cuerpo.

Andre se acercó para atraparla si estaba a punto de caer. No pudo resistirse a tocarla y colocó un brazo alrededor de sus hombros. Su piel picaba donde tocaba la de ella. Nunca había hecho eso antes, y no creía que tuviera nada que ver con el vínculo de pareja.

«Usaste magia", dijo él, y no estaba hablando con Vi. «Te vi abrir la puerta». Lo asustó un poco, pero no le tenía miedo a Em. Tenía miedo por ella. Sabía lo desconcertante que era tener un cambio como ese y no quería que ella sufriera.

Em sacudió la cabeza de un lado a otro, pero no dijo nada. Parecía exhausta, y Andre quería llevarla de regreso a su habitación y cuidarla mientras dormía.

«¿Tú le hiciste esto a ella?». Resultaba más duro de lo previsto para decirlo, pero Em había pasado por suficiente y Andre haría lo necesario para protegerla.

«¿Hice qué?». Vi desafió, con las cejas levantadas y los dedos abiertos, como si estuviera lista para defenderse con su magia. «¿Que si le di poderes mágicos? ¿La convertí en una bruja? No». Se volvió hacia Em. «¿Qué pasó?».

Em tomó algunas respiraciones para tranquilizarse. «¿Podemos hablar en otro lugar? Yo... al verlo a él... es sólo que...». Ella no podía pronunciar las palabras.

Andre la sacó de la habitación sin decir una palabra más, y Vi salió un momento después, haciendo más magia para asegurarse de que Jerry no pudiera liberarse.

«Suban a su habitación», les dijo Vi. «Voy a hacer una llamada y luego me reuniré con ustedes. Veremos si podemos resolver el resto de todo esto».

Se sentía como si eludiera su deber de confiar en Vi para ver cómo se llevaban a Jerry. Pero la bruja no había sido más que digna de confianza hasta el momento, y Em lo necesitaba más. Además, Andre no tenía exactamente a alguien a quien pudiera llamar. Por lo que él sabía, Gibson no dirigía una prisión secreta para criaturas mágicas.

«Haré que te envíen un mensaje de texto cuando esté bajo custodia. Tendrán una foto y todo», ofreció Vi mientras Andre dudaba.

Eso sería suficiente. Andre asintió y condujo a Em de regreso a su habitación. Se sentó en el sofá y no miró hacia el dormitorio. Andre no podía sentir ninguna tensión en ella por el recuerdo de lo que había sucedido antes, pero se mantuvo cerca de ella, por si acaso.

La comodidad iba en ambos sentidos, y el alivio de que finalmente su pareja pudiera estar a salvo lo debilitó.

Pasaron unos quince minutos antes de que Vi regresara. El teléfono de Andre vibró y tenía una foto de Jerry atado con cadenas muy gruesas, sentado en lo que parecía ser la parte trasera de una furgoneta de reparto de pasteles.

¿Las brujas tenían prisiones secretas? Andre no lo sabía, y por el momento, no le importaba.

Él y Em no se habían dicho una palabra desde que regresaron. Acababan de sentarse en el sofá y él la abrazó mientras ella trataba de controlar su respiración.

Cuando Vi llegó allí, entró y tomó asiento en la mesa de la cocina.

«¿Qué pasó?», preguntó ella, sin perder el tiempo con sutilezas.

Y esta vez, Em estaba más dispuesta a hablar. «Arrojé el segundo vial cuando estuvo lo suficientemente cerca. Y había mucho humo rojo y pareció disolver a la bestia. Y luego respiré todo el humo. No quería. Pero no pude alejarme de él. ¿Qué me hizo?». Sus ojos suplicaban a Vi por respuestas.

El rostro de Vi era grave y asintió una vez. «Lamento no haberte contado sobre esa posibilidad. Esa poción es atraída hacia la magia. Es por eso que quería que la inhalaras. Podría haber sido lo suficientemente fuerte como para despertar cualquier tipo de poder latente que tengas. O desaparecerá en un par de semanas. Sólo ten cuidado. No intentes explotar a nadie con tu mente».

Andre estaba demasiado cansado para estar enojado porque Vi les había ocultado esa posibilidad. Dudaba que hubiera cambiado algo, y estaba empezando a aprender que Vi solo daba información en fragmentos.

«¿Podría hacer eso?». Em sonaba emocionada y aterrorizada ante la perspectiva.

Eso rompió la expresión grave de Vi, e incluso Andre sonrió. «Tengo un par de ideas», dijo.

«Por favor, abstente», interrumpió Vi antes de que pudieran comenzar a planear algo. «Te daré un par de sitios web para que los visites. Pero si las cosas no parecen normalizarse dentro de dos semanas, llámame. Es posible que tengamos que hacer algo».

«¿Podría ser a la vez una mujer lobo y una bruja?», preguntó Em. «Oh, Dios mío. ¿En qué se ha convertido mi vida?».

Andre apretó su agarre sobre ella. No estaba seguro de si ella estaba a punto de reír o llorar. Demonios, él mismo no estaba demasiado lejos de hacerlo. Esto era jodidamente absurdo.

Pero Vi no pareció encontrarlo extraño. «No veo por qué no. No hay nada incompatible con esas dos magias».

«¿Qué sabes sobre los hombres lobo?». Andre finalmente preguntó. Ahora que estaban a salvo, necesitaba saberlo. Su manada necesitaba saber. Y Vi podría ser su única esperanza.

Pero ella le dirigió una mirada fulminante y una respuesta decepcionante. «Más que tú, claramente. Pero esa es una conversación para otro día. Ya hablaremos».

Entonces Vi se levantó y los dejó solos.

Había mucho más por saber. Pero Andre se sintió más cerca de la perspectiva de conocimiento que tenía en más de dos años. Por el momento, no le importaba.

Tenía a su pareja a su lado, y era hora de convencerla de que todo iba a estar bien.

37

Poco después de que Vi la dejara a ella y a Andre solos, Em terminó rendida. Y fue un milagro que durmiera toda la noche. A la mañana siguiente, se despertó y por un segundo pensó que todo era un sueño. Uno muy extraño, terrible y, a veces, maravilloso. Andre no estaba a su lado. No podía oírlo ni olerlo.

Y luego escuchó algo en la cocina, y el nudo en su pecho se aflojó. Andre estaba afuera. Todo había sucedido. Era real.

Ella era una mujer lobo.

Y tal vez una bruja.

Y la bestia de las sombras se había ido.

Em se hundió en las sábanas y trató de respirar con calma. Todo iba a estar bien. Tenía que ser.

Antes de que pudiera levantarse, la puerta se abrió

y Andre traía una bandeja llena de comida que olía delicioso. El hombre era un regalo del cielo.

La dejó sobre la cama junto a ella. «Pensé que tendrías hambre», dijo, inclinándose para darle un beso de buenos días.

«Podría acostumbrarme a esto». Lo dijo sin pensarlo. Pero, ¿tendría tiempo para hacerlo?

Levantó la mano y pasó los dedos por la cicatriz que se había formado sobre su mordida de apareamiento. Era un recordatorio de todo lo que ella y Andre podrían ser juntos. Pero ella pertenecía a la gira. Y tenía una vida en Nueva York.

¿Qué era una relación completamente nueva en comparación con todo eso, incluso si el destino había intervenido en su creación?

No podía dejar la gira. No podía dejar su vida. Y no podía esperar que él hiciera lo mismo.

Andre se acomodó en la cama junto a ella. «¿Qué provoca esa mirada en tu cara?», preguntó suavemente.

Em cogió una tostada y la mordisqueó para no decir nada. Pero eso sólo la detuvo por un momento. Consideró comer otra cosa, pero sería bastante obvio lo que estaba haciendo. Tenía hambre, pero no estaba hambrienta. «¿Qué pasa ahora?».

Andre respiró entrecortadamente. «No lo sé», él admitió con el tipo de honestidad sincera que ella deseaba que no tuviera por el momento. Ella podría haber usado una mentira reconfortante.

Andre se acercó, tomó su mejilla y la besó suavemente. «Va a tomar algún tiempo averiguarlo. Pero no voy a abandonarte». Se quedó cerca mientras hablaba, sentado en la cama junto a ella, con cuidado de evitar la bandeja del desayuno.

Y lo último de la tensión la abandonó. «¿Qué hay con tu trabajo?».

«Ya se nos ocurrirá algo». Él la besó de nuevo. «Sólo porque me convirtieron en un hombre lobo con el resto de la manada, no significa que también deba trabajar para la compañía por siempre. Todavía somos una manada. Y ahora, tú eres parte de eso. Tal vez reduzca mis horas laborales. Tal vez acepte empleos cuando no estés de gira. Tal vez los dos podremos resolver algo más. Pero sea lo que suceda. No te dejaré ir».

«Te amo». Eso fue rápido. Más rápido de lo que Em había caído antes. Pero todo esto era diferente a todo lo que había sentido anteriormente. Andre era para ella. Tenía la marca de un mordisco para probarlo.

Y ahora era el turno de él de sonreír. «Me matarías si te dijera que yo también lo sé, ¿no?», preguntó, su sonrisa haciéndose aún más amplia.

«Inténtalo», pero ella se estaba riendo.

«Te amo», y luego cubrió sus labios con los suyos.

Em se movió, colocando su pierna encima de él para ponerse en una mejor posición, y eso casi hizo que la comida se derramara por todas las sábanas. Se quedó inmóvil, medio sentada en el regazo de Andre mientras consideraba su próximo movimiento.

Cuando la rodeó y movió la bandeja para que quedara en equilibrio sobre la mesita de noche, hizo que la decisión fuera sencilla. No haría falta mucho para tirarla al suelo, pero Em descubrió que no le importaba. No si eso significaba que debía seguir besando a su pareja.

Ella no llevaba mucha ropa. La noche anterior se las arregló para ponerse una camiseta andrajosa antes de colapsar en la cama, pero eso era todo. Andre, por otro lado, por alguna extraña razón parecía haberse preparado para el día.

Ella se iba a encargar de eso. Tiró de la tela de su camisa hasta que estuvo por encima de su cabeza y la lanzó al otro lado de la habitación, dejando al descubierto su pecho desnudo. Eso estaba mucho, mucho mejor.

«No más ropa para ti», dijo ella, lloviendo besos sobre su clavícula y pasando sus dedos sobre su piel desnuda.

Una risa retumbó en él. «¿Es esa la regla para los dos?», preguntó mientras le quitaba la elección y le quitaba la camiseta, dejándola desnuda.

Con otra persona, podría haberse sentido expuesta, pero nunca con Andre. Sus ojos en ella eran una bendición, una que nunca quería dejar ir. Pero ella no pudo resistirse a burlarse de él. «Yo pongo las reglas aquí, amigo. Eres mi guardaespaldas, tienes que hacer lo que digo».

No estaba segura de cómo reaccionaría él ante eso, y no esperaba que él cambiara sus posiciones, así que terminó de espaldas con Andre sobre ella. La sobresaltó con un grito y no podía dejar de sonreír. Esto era la felicidad y el alivio.

Ella nunca lo dejaría ir.

Se quitó el resto de la ropa y Em descubrió que no le importaba en absoluto su nueva posición.

Este hombre era su pareja. Lo que había parecido imposible al principio ahora se apoderaba de ella con el tipo de certeza que nunca pensó que tendría. Se había dicho una vez que su carrera era demasiado caótica para tener relaciones. Agregar magia y hombres lobo y todo eso debería hacerlo aún peor.

Pero Andre estaba a su lado durante todo el proceso. Y ella no podía pedir más.

Los ojos de Andre parecieron vacilar entre el azul humano y el amarillo lobuno cuando su lobo salió a la superficie. Su propia loba parecía satisfecha en su piel, feliz de sentarse y dejar que Em tomara el control. Ella dobló un dedo, indicando a su pareja que se acercara.

Estaba desnudo y duro, y cuando sus ojos lo recorrieron, su cuerpo se iluminó con el pensamiento de que él era todo suyo.

Él se cernió sobre ella y se besaron de nuevo. Le encantaba besarlo. Él tomaba el control de una manera que la hacía sentir amada, pero el control nunca era demasiado. Parecía entender su cuerpo de una manera que nadie había hecho antes, y ella no sabía si eso provenía de su vínculo o si era algún talento especial que simplemente tenía Andre.

En este punto, a ella no le importaba mientras él siguiera besándola.

Pero ella quería más que besos. Ella quería todo. Sus labios. Su polla. Su corazón.

Toda una vida juntos.

Y estaba empezando a creer que podría ser suyo para aceptarlo.

Cambió su peso y lo envió rodando hacia un lado, sorprendida un poco por el estallido de poder que no había esperado. «Lo siento», murmuró contra sus labios, besándolo de nuevo. «Poderes inesperados de hombre lobo».

Andre solo sonrió contra sus labios y la besó con más fuerza mientras ella yacía encima de él.

Podía sentir su polla provocándola, y desde esta posición ella era la que tenía el control. No es que se sintiera exactamente en control de su cuerpo cuando la lujuria la impulsaba así. Era como si estuviera poseída por la necesidad de placer y era incapaz de liberarse de su control.

Pero ¿por qué querría ella?

Ella se posicionó y sintió la cabeza roma de su polla provocar su entrada, y mientras se inclinaba sobre él, sus ojos se encontraron. Y cuando comenzó a moverse, su corazón se aceleró, y estaba segura de que sus propios ojos sangraban hasta el color lobuno que fuera, cuando algo salvaje en ella se hizo cargo.

Andre extendió la mano y entrelazó sus dedos, otro punto de conexión innegable que ancló su corazón y su cuerpo al de él. Estaba imposiblemente duro dentro de ella, y todavía quería más. Aceleró y su compañero se movió con ella, sus cuerpos se unieron en algo atemporal mientras el placer se arqueaba entre ellos.

Y pronto fue demasiado y Em estalló, el placer la atravesó mientras se corría, estremeciéndose alrededor de su pareja. Un momento después, él se unió a ella, gritando su nombre con una embestida final corriéndose.

Saciada y agotada, se derrumbó a su lado y se acurrucó a él. Las suaves palabras ya habían sido dichas, y su cuerpo estaba demasiado satisfecho para hacer mucho más.

Y entonces su estómago gruñó.

Eso desató una risa en ambos.

«Tal vez es hora de desayunar», admitió, alcanzando la bandeja que de alguna manera se las había arreglado para mantenerse en equilibrio sobre la mesa.

38

Después de otra semana y media de gira, Andre y Em lograron conseguir un descanso de tres días, y era la primera vez que regresaban para ver a la manada. Gibson los había convocado a todos a la granja en Pensilvania, y la casa comenzaba a sentirse más que un poco abarrotada.

«¿Cuánto tiempo crees que pasará antes de que comience a construir una segunda cabaña?», Owen le preguntó. Stasia y él habían llegado solo unos minutos después que Andre y Em. Em y Stasia se habían ido inmediatamente para ponerse al día, dejándolos a él y a su amigo solos.

«¿Crees que vamos a conseguir una casa de campo? Tendríamos suerte si nos construye un cuartel». Andre se estremeció. Eso definitivamente no era algo que extrañara de la vida militar.

Owen le dio un empujón juguetón mientras se

dirigían a la casa. «¿Sabías que Andre podía sonreír?», Vega le preguntó a Jackson mientras él y Owen se acomodaban.

Andre lo fulminó con la mirada. El chico aún no había reparado lo que le había hecho a Stasia varios meses antes y, a juzgar por la sonrisa que había desaparecido de la cara de Owen, este tampoco lo había olvidado.

El chico levantó las manos. «Lo siento, lo siento». Dio unos pasos hacia atrás, como si esperara que Andre atacara.

Andre tuvo que reprimir una sonrisa. Era bueno saber que todavía podía asustar a los jóvenes.

Pero antes de que pudiera celebrar demasiado, Gibson los llamó a él y a Rowe a su oficina.

Rowe podría no haber estado allí para lidiar con la bestia de las sombras, pero había sido el respaldo de Andre y Andre le había estado enviando actualizaciones desde el principio. Y con Andre ahora preocupado por Em, sería Rowe quien se haría cargo de la mayoría de las asignaciones.

Él y Rowe se sentaron en las sillas de invitados frente al escritorio de Gibson, y este último ignoró su propia silla para sentarse en el borde del escritorio. «¿Has tenido más problemas desde que la bruja te ayudó?». Se las arregló para decir todo con una cara seria, y si hubiera sido cualquier otra persona, Andre podría haberlo felicitado por eso.

Pero no tenía ganas de morir.

«Ningún problema», confirmó Andre. Tal vez debería haberle dicho a Gibson y a Rowe sobre la magia que había inhalado Em. Ninguno de los dos estaba seguro de lo que significaba exactamente, pero no era su secreto para contarlo. Y le debía su lealtad a su pareja. Podría decírselo si quisiera.

«Brujas...», Rowe negó con la cabeza mientras lo decía.

«¿Es eso realmente tan difícil de creer?», preguntó Gibson. «Después de todo, fue la magia lo que nos convirtió en lo que somos ahora».

A Andre no le gustaba recordar esa noche. Todo estaba borroso, pero recordaba el humo, los cánticos y el dolor.

Y luego confusión. Desconcierto que solo se amplificó cuando él y los demás fueron esencialmente expulsados del ejército con lo que equivalía a una gran recompensa para comprar su silencio.

Al principio, Andre pensó que estaban tratando de evitar un incidente internacional. Pero semanas después, cuando todos se transformaron en hombres lobo, se preguntó si el gobierno sabía lo que se avecinaba.

«Para ser honesto, no sé qué pensar», admitió Rowe, juntando los dedos. «Un hechicero loco, seguro. ¿Pero brujas que son personas normales? ¿Como cualquier contador? Eso es raro».

«¿Qué tienen que ver los contadores con esto?», Andre encontraba la conexión.

Rowe puso los ojos en blanco. «Nada. Sólo digo que, como los contadores son normales y que ellos podrían ser cualquiera. Y aparentemente también lo son las brujas». Al parecer, esto tenía sentido en la cabeza de Rowe.

Andre se limitó a mirarlo.

Gibson también.

Rowe se reclinó en su asiento, sin que su punto de concentración fuera determinante.

«¿La bruja te ha vuelto a contactar?», preguntó Gibson.

«Todavía no», dijo Andre. «Pero ella dijo que le diera un par de semanas». Necesitaban el conocimiento de Vi, y Andre no estaba seguro de qué haría Gibson si ella no se lo daba de buena gana.

«Te quiero en esto, Rowe. Esta es una pista real. Y tal vez ella no pueda darnos información sobre quién nos hizo esto o por qué. Pero tal vez no dé más información sobre lo *que* somos. Necesitamos saber sobre las brujas». ¿Son amigas? ¿Enemigas? ¿Qué otro tipo de criaturas mitológicas existen? Y tenemos que ser sutiles. Es posible que no quieran desprenderse de la información».

Vi había estado feliz de contarles a él ya Em todo lo que querían saber, pero se había reservado muchas cosas. Al final, habían estado más preocupados por la bestia de las sombras que por cualquier otra cosa. Y cuando él pensó acerca de eso, Vi no le había dicho mucho más aparte de eso.

Tal vez estaba guardando secretos. Y tal vez había estado demasiado concentrado en mantener a Em a salvo para darse cuenta.

Pero no podía arrepentirse de eso. Ella estaba a salvo ahora. Y ella era suya.

¿Qué más podría querer?

39

Stasia llevó a Em a un pequeño claro en el borde de un bosque cercano que debió haber sido utilizado por la manada. Había sillas dispuestas alrededor de una hoguera y Em podía imaginarse lo divertido que sería asar malvaviscos en una noche fría. Pero el sol estaba alto en el cielo, y ella y su hermana no estaban aquí para tomar un refrigerio.

Aunque Em podría haber usado uno. El viaje hasta la granja había sido largo y descubrió que su metabolismo de mujer lobo la hacía comer mucho más. Ay, bueno. Ella podría sufrir por un rato.

«Papá está hablando con abogados de divorcio», dijo Stasia mientras se acomodaba en su asiento. «Juraría que AR bailó un poco cuando escuchó eso». AR era su hermano mayor y la mano derecha de su padre.

Em sintió un poco de satisfacción por la noticia.

«Se lo merece la ladrona de nombres», se quejó. La esposa de su padre, Riley, era técnicamente su madrastra. También era cuatro años menor que Em. Y cuando dio a luz al décimo hijo de su padre, de alguna manera se las arregló para darle a la hermana menor de Em el mismo nombre que ella: Emerald Selby. Y luego, cuando Em lo mencionó, se negó a cambiar el nombre de la niña.

Grosera.

«¿Alguna vez vas a superar eso?», Stasia preguntó con una sonrisa. Em sabía que sus quejas solo divertían a su hermana.

A ella no le importaba, era el principio del asunto. «¿Es mucho pedir que ninguna de mis hermanas tenga el mismo nombre que yo? ¿Es mucho pedir que una mujer con la que papá se casa *conozca* todos nuestros nombres? No lo creo».

Stasia echó la cabeza hacia atrás y se rió.

Después de un momento, Em se unió a ella. «Está bien. Tal vez no sea tan importante en comparación con... todo esto". Hombres lobo. Magia. Parejas. ¿Qué era una madrastra ladrona de nombres comparada con eso? Especialmente si pronto iba a ser una exmadrastra. «Apuesto a que la joden debido al acuerdo prenupcial».

«¿Te sientes mal por ella?», Stasia parecía realmente preocupada.

Eso era lindo. Em se encogió de hombros. «Ella tenía que saber en lo que se estaba metiendo». Eso es lo que pasaba cuando una mujer se casaba con un hombre casi cincuenta años mayor que ella.

Stasia no parecía tan segura. «Papá es... papá. Si no lo supiera mejor, diría que puede hechizar a la gente. Pero probablemente no tendría tantas exesposas si eso fuera cierto».

Em no quería pensar en eso. «No pensemos en papá como si fuera un hechicero». Podía imaginárselo con una túnica y un sombrero ridículos. Y se estremeció. «¿Alguna otra noticia familiar?», preguntó, desesperada por cambiar de tema. Aunque las actualizaciones de la familia Selby podrían ser horribles por derecho propio.

Stasia negó con la cabeza. «Me he mantenido al margen la mayor parte del tiempo. Sólo las tonterías de siempre».

Em sabía exactamente lo que quería decir. Su padre era el tercer hombre más rico de Nueva York. Con eso venían muchas tonterías, y Stasia había dedicado la mayor parte de su vida a tratar de mantenerse lo más alejada posible. Em no podía culparla. Era una de las razones por las que le gustaba tanto hacer giras mundiales. Era la excusa perfecta para no visitar la casa.

«Hablando de cosas más importantes...», Em extendió las manos frente a ella.

«Dios mío, ¡estás embarazada!». Los ojos de Stasia estaban muy abiertos y Em imaginó a su hermana cargando a un bebé.

«¿Qué? ¡No!». Em puso una mano sobre su estómago, como si lo estuviera defendiendo de los invasores. Y se alegró de que Andre no estuviera aquí para escuchar la sugerencia, aunque solo fuera para que no escuchara su horrorizado rechazo. «Las cosas aún son recientes entre Andre y yo. Todavía no hemos hablado de niños. Eso es algo posterior. Para mucho más adelante». Ella quería hijos. En definitiva.

Pero muy, muy adelante.

No en menos de los dos meses que llevaba en su relación y siendo una mujer lobo.

«Está bien, entonces, ¿qué cosa es tan importante?». Stasia se desplomó, claramente no tan emocionada por lo que Em estaba a punto de decir.

Y eso la hizo pensar. «Tú no estás embarazada, ¿verdad?». Ahora ella tenía bebés en el cerebro.

Los ojos de Stasia se abrieron como platos y sacudió la cabeza, no tan sorprendida como Em, pero claramente no estaba lista para considerarlo. «No. Hagamos un pacto de no hablar de eso por un año. O una década».

«¿Así que no se trata de bebés?». Nunca había sido algo que ella y su hermana hubieran discutido antes. Ninguna de las dos había ido lo suficientemente serio con nadie como para pensar realmente en ello. Y ahora Em estaba con su chico para toda la vida, y era una locura pensar en cómo las cosas podían encajar así.

«Primero queremos resolver el tema de los hombres lobo», dijo Stasia con sensatez. «¿Nuestros hijos serán hombres lobo? ¿Tendremos que morderlos si queremos que sean lobos? ¿Queremos eso? Hay tantas preguntas. Una cosa a la vez».

Y eso Em podía entenderlo.

Ella volvió a extender las manos. «He aprendido un par de trucos». Tuvo que cerrar los ojos y concentrarse mucho, pero podía sentir la energía arremolinándose a su alrededor y la convocó hacia sus dedos. Estos se encendieron como bengalas del 4 de julio y los agitó frente a ella.

«¿Qué?». La boca de Stasia se abrió por la sorpresa.

«Así que podría haber inhalado accidentalmente al hombre lobo fantasma que me estaba acechando y ahora tengo poderes mágicos. Quizás». No sonaba tan loco, sin importar cuántas veces lo dijera.

Ante eso, Stasia parpadeó. «¿Qué?».

Em deseó tener otro truco para mostrarle, pero todo lo que había logrado hasta ahora eran las bengalas con los dedos. Parecía divertido, pero no era exactamente útil. Andre había estado dispuesto a ser su conejillo de indias para ver si realmente le dolían, pero cuando ella le tocó la piel, dijo que solo le hacían cosquillas. No era exactamente un arma.

«Muy pronto voy a llamar a Vi, la bruja que nos ayudó. Dijo que los poderes podrían disiparse, pero hasta ahora nada ha cambiado. No sé si tengo suficiente poder para ser una bruja o si voy a aprender algunos trucos geniales. Pero aparentemente, ahora esa es la cuestión». No sabía cuándo tendría tiempo para descubrir estos nuevos poderes. A la gira todavía le quedaban meses, y pronto iría al estudio a grabar un nuevo álbum. Su vida eran ocupaciones sobre ajetreos sobre más ocupaciones sobre tonterías de hombres lobo. Y aparentemente, a eso también tendría que agregar mierda de bruja.

«Tal vez deberíamos esperar *dos* años para hablar de bebés», fue lo que finalmente dijo Stasia.

Em se rió. Dos años era bastante lejos. Podrían renegociar entonces. «Trato hecho».

<h1 style="text-align:center">40</h1>

El sol se puso y Andre y Em finalmente estaban solos. El resto de la manada ya se había escapado, pero esta noche solo estaban ellos dos. Él, su pareja y kilómetros y kilómetros de tierra segura para correr. Ya habían cambiado de forma antes. Pero dado que el recorrido los llevaba de ciudad en ciudad, no había mucho espacio donde pudieran correr.

Los parques de la ciudad podían ser grandes, pero también estaban llenos de humanos que no sabían nada acerca de los hombres lobo y estarían aterrorizados si los vieran.

«¿Estás lista?», preguntó Andre mientras se quitaba la bata y la doblaba muy bien en el suelo.

Em todavía estaba usando su bata; la tenía apretada con fuerza alrededor de sí misma. Sabía que no era realmente la modestia lo que la mantenía cubierta.

Y se preguntó si de repente sentía miedo. Y luego sonrió y dejó caer su bata al suelo.

Su piel desnuda brillaba a la luz de la luna, y Andre el hombre y Andre el lobo luchaban por dominar para averiguar lo que querían. Quería reclamar a su pareja de nuevo allí mismo. Una carrera podría esperar.

Pero ella ya estaba comenzando a agacharse y respirar profundamente para su cambio.

«Voy a ganar», declaró.

«¿Ganar qué?», Andre se arrodilló a su lado.

«Lo que haya que ganar. El premio es totalmente mío». Ella sonrió y se frotó las manos en anticipación.

Andre se inclinó y la besó. ¿Cómo podría hacer otra cosa?

«De acuerdo». Estaba listo para un juego.

Cada uno de ellos dejó se dejó llevar por el cambio, y luego se pusieron en marcha, corriendo hacia lo profundo del bosque como lobos. Juntos, tal como estaban destinados a ser.

Em corrió delante de él y Andre corrió para alcanzarla. Y cuando lo hizo, su pareja aceleró hasta que ambos iban tan rápido como podían.

No duró mucho. Solo podían correr tan rápido hasta cierto punto, y la noche era larga.

Pero las carreras no eran el único juego que Em parecía decidida a jugar.

Y Andre no se lo diría, pero sin importar quién fuera el vencedor, él ya tenía el premio mayor. Él la tenía a ella. Y él no la dejaría ir.

Andre inclinó la cabeza hacia atrás y aulló a la luna. Un momento después, Em se unió a él.

Y en la distancia, escucharon que la manada se unía a ellos también.

Era todo lo que Andre no sabía que había deseado. Y luego, Em salió corriendo de nuevo, y Andre la persiguió.

Así era la vida con su pareja. Y no podía esperar a ver que más le esperaba.

EPÍLOGO

CUANDO EM INVITÓ A ANDRE AL ESTUDIO, NO PUDO DECIR que no. Se tomó el tiempo especialmente, a pesar de que todavía tenían algunas semanas más de gira, y estaba usando uno de sus pocos días libres para grabar la canción que traía en su cabeza.

La había estado trabajando por un tiempo. Y cada vez que él preguntaba al respecto, ella guardaba el pequeño cuaderno donde la estaba escribiendo y se negaba a decirle una palabra.

Al principio, Andre se había sentido un poco ofendido. Pero se dio cuenta de que sólo estaba viendo su proceso. No quería compartir nada hasta que estuviera lista.

Y ahora ya lo estaba y lo compartiría con él.

Se encontraron con el productor, y luego le indicaron a Andre que se sentara en el sofá en la parte de atrás. No sabía exactamente lo que iba a pasar.

Su conocimiento de lo que sucedía en un estudio de música estaba contenido principalmente en documentales y películas de VH1. Pero ahora esto era real. Em tomó una guitarra y tocó algunos acordes para el productor y, después de unos momentos, estaban listos para ponerse a trabajar.

Y cuando abrió la boca, Andre estaba embelesado.

Hablaba de la oscuridad, de la noche, de la luna y de la magia. Todo era una metáfora para alguien que no sabía cómo era su vida.

Pero estaba oyendo la historia de los dos, puesta en palabras para que cualquiera la escuchara.

Era una canción de amor. Su canción de amor. Y si Em no fuera dueña de todo su corazón, se lo habría entregado en ese momento.

Se miraron a los ojos y ella lo vio a través del cristal insonorizado. Andre se levantó del sofá y se acercó para poder verla cantar.

Después del coro, ella se detuvo y volvió a hablar con el productor. Y luego se volvió hacia él.

«¿Qué opinas?».

Andre sólo sonrió. «Me encanta».

«Todavía necesita algo de trabajo».

«No puedo esperar a ver qué haces con eso».

Con su corazón. Con su vida. Porque ahora estaban juntos, tejiendo su propio tipo de magia. Y no había vuelta atrás.

Y Andre estaba ansioso por escuchar más de la música que juntos crearían.

¡GRACIAS POR LEER AL ACECHO!

Te agradeceré tomarte el tiempo para dejar un comentario.

QUÉ LEER A CONTINUACIÓN

La especie de Ru está maldita. Estará muerto en su próximo cumpleaños si no encuentra a su pareja ...

QUÉ LEER A CONTINUACIÓN

Ruwen

La especie de Ru está maldita. Estará muerto en su próximo cumpleaños si no encuentra a su pareja ...

Ruwen sabe que está perdido. Su especie alienígena está maldita por una peculiaridad genética mortal y estará muerto antes de que termine el mes, a menos que encuentre a su pareja predestinada. Ella es la única mujer en el universo que puede salvarlo. Es una lástima que la mayoría de las mujeres Detyen estén muertas. Pero, ¿podría encontrar esperanza con una humana?

Secuestrado, abandonado y huyendo de malvados alienígenas ...

Después de ser secuestrada de la Tierra por enemigos desconocidos, Lis ha sido arrojada a un planeta inhóspito con poca comida y sin esperanza.

Hará cualquier cosa para encontrar una nave que la lleve de regreso a la Tierra, pero Polai es hostil a toda la vida alienígena, y Lis se está quedando sin lugares donde esconderse. ¿Puede confiar en el alienígena que la mira con calor en sus ojos?

Una oportunidad imposible ...

Desde el momento en que la ve, Ru sabe que Lis es su compañera. Pero ya está herida y desconfía de los alienígenas. ¿Cómo puede demostrar que es digno de confianza? Si no puede superar los miedos de Lis, su vínculo se romperá antes de que tenga la oportunidad de formarse, dejando a Ru muerto y a Lis sola en una galaxia hostil.

TAMBIÉN DE KATE RUDOLPH

DE LA SERIE: ROBO AL ALFA

- El Atraco al Alfa
- Enredado con la Ladrona
- En la Cama del Alfa

APAREADO CON UNA ALIENÍGENA

- Ruwen
- Tyral
- Stoan
- Ciborg
- Krayter
- Kayleb

PROTEGIDA POR UN CAMBIAFORMAS

- Temporada de Caza
- Al Acecho

ACERCA DE KATE RUDOLPH

Kate Rudolph es una exparticipante del Derby que vive en Indiana. Le encanta escribir sobre heroínas duras y los héroes apasionados que las aman. Ha estado devorando novelas románticas desde que era demasiado joven y tenía que esconder sus libros para que nadie se los llevara. No podría imaginar un mejor trabajo en este mundo que escribir romances y compartirlos con sus compañeros lectores.

Si disfrutaste de esta historia, por favor considera dejar un comentario.